चित्रा मुद्‌गल

D1878503

प्रख्यात कथाकार चित्रा मुद्‌गल का जन्म 10 दिसम्बर, 1943 को हुआ।

उनकी प्रमुख कृतियाँ हैं—'आवां' (आठ भारतीय भाषाओं में अनूदित), 'गिलिगडु', 'एक ज़मीन अपनी', 'पोस्ट बॉक्स नम्बर 203 : नाला सोपारा' आदि (उपन्यास); 'इस हमाम में', 'चेहरे', 'लपटें', 'आदि-अनादि' (तीन खंडों में), 'जगदम्बा बाबू गाँव आ रहे हैं', 'भूख', 'ज़हर ठहरा हुआ', 'लाक्षागृह', 'अपनी वापसी', 'ग्यारह लम्बी कहानियाँ', 'जिनावर', 'मामला आगे बढ़ेगा अभी', 'केंचुल' 'प्रतिनिधि कहानियाँ', 'शून्य' आदि (कहानी-संग्रह); 'तहख़ानों में बन्द अक्स' (कथात्मक रिपोर्ताज); 'जीवक', 'माधवी कन्नगी' और 'मणिमेखलयी' (बाल उपन्यास); 'दूर के ढोल', 'सूझ-बूझ', 'देश-देश की लोककथाएँ' (बाल कथा-संग्रह); 'बयार उनकी मुट्‌ठी में' (लेख); 'सद्‌गति तथा अन्य नाटक', 'पंच परमेश्वर तथा अन्य नाटक', 'बूढ़ी काकी तथा अन्य नाटक' (नाट्य-रूपान्तर)।

उन्होंने अनेक पुस्तकों का सम्पादन किया है। दूरदर्शन के लिए टेलीफ़िल्म 'वारिस' का निर्माण किया है। प्रसिद्ध कहानियों पर आधारित 'एक कहानी', 'मँझधार', 'रिश्ते' सरीखे धारावाहिकों में उनकी कई कहानियाँ सम्मिलित हुई हैं। वे प्रसार भारती की बोर्ड मेम्बर और उसी की इंडियन क्लासिक कोर कमिटी की अध्यक्ष रह चुकी हैं। वे 42वें और 68वें नेशनल अवार्ड की ज्यूरी सदस्य रही हैं।

उनका उपन्यास 'आवां' बिड़ला फ़ाउंडेशन के 'व्यास सम्मान' से सम्मानित है। उन्हें 'इन्दु शर्मा कथा सम्मान' (लन्दन), 'पुश्किन सम्मान' (रूस), 'साहित्य सम्मान' (हिन्दी अकादमी, दिल्ली), 'अवन्ती बाई सम्मान', 'साहित्य भूषण सम्मान' और 'वीरसिंह देव सम्मान' के साथ ही सामाजिक कार्यों के लिए 'विदुला सम्मान' से भी सम्मानित किया जा चुका है।

सम्पर्क : mail@chitramudgal.info

इस हमाम में

चित्रा मुद्गल

रेमाधव पेपरबैक्स

पहला पुस्तकालय संस्करण
रेमाधव पब्लिकेशन्स प्राइवेट लिमिटेड द्वारा
2011 में प्रकाशित

रेमाधव पेपरबैक्स में
पहला संस्करण : 2023

रेमाधव पेपरबैक्स : उत्कृष्ट साहित्य के जनसुलभ संस्करण

रेमाधव पब्लिकेशन्स प्राइवेट लिमिटेड
जी-17, जगतपुरी, दिल्ली-110 051
द्वारा प्रकाशित

शाखाएँ : अशोक राजपथ, साइंस कॉलेज के सामने, पटना-800 006
पहली मंजिल, दरबारी बिल्डिंग, महात्मा गांधी मार्ग, प्रयागराज-211 001

वेबसाइट : www.remadhav.com
ई-मेल : contact@remadhav.com

बी.के. ऑफसेट
नवीन शाहदरा, दिल्ली-110 032
द्वारा मुद्रित

मूल्य : ₹ 199

IS HAMAAM MEIN
Stories by Chitra Mudgal

ISBN : 978-93-95328-02-9

‘तन और मन से किसी परी की तरह अप्रतिम सुन्दरी बिट्टी बुआ की उस सघन स्नेह छाया को...जो निहाली खेड़ा (उन्नाव) के तपते गलियारों में पट्टी और बुदिक्का लटकाए झुलसने को विवश बालिका के तलुवों के नीचे हरी दूब की शीतलता बोती रहीं...’

वह सपना भी है...

इधर इस बात पर गौर किया जाना जरूरी लग रहा है कि क्या साहित्य से लोक और लोकहित खारिज हो रहा है। चेतनावादी और पदार्थवादी दृष्टियाँ जिनकी मूल भावना में लोकहित सर्वोपरि है, मान लिया जाए कि धुन्ध में घुमड़ रही हैं और निकलने के दरवाजे खोजना उनकी आज की सबसे प्रमुख अनिवार्यता हो रही है। साहित्य में यूटोपिया की भूमिका को लेकर भी कम चिन्तित नहीं हो रहे हैं चिन्तक। यूटोपिया का सर्जना में क्या स्थान होना चाहिए, कितना होना चाहिए, होना चाहिए भी या नहीं—इस ओर विचार करने की महती जरूरत पर भी उँगली रखी जा रही है। एक वक्त यूटोपिया को अवांछित सिद्ध कर उससे किनारा किये जाने की आवश्यकता रेखांकित की गई थी। यह लौटना क्यों? आदर्श और सपने बुनियादी जरूरतों के खाली दहकते पेटों का कौर हो सकते हैं? जो कभी वास्तविकता का जामा नहीं पहन सकता, उस ओर लौटने की बात हमारी निरुपायता या विकल्पहीनता का द्योतक है या जब आँख खुली तब सवेरा होने का!

मुझे लगता है, लिखना मात्र लोकहित में लोक की जड़ता पर प्रहार करना भर नहीं है। किस समाज को हम किस रूप में देखना चाहते हैं, कैसा देखना चाहते हैं—वह सपना भी है। दृष्टि भी।

खुशी इस बात की है कि ये मेरी वो कहानियाँ हैं जिन्हें पाठकों ने अपार स्वीकार्य दिया। लगभग संकोच में डालने की सीमा तक। 'वाइफ स्वैपी' को मैंने दुबारा लिखा है। 'इस हमाम में' संकलित हो जाने के बावजूद मैं उसके फॉर्म

से सन्तुष्ट नहीं थी। कह नहीं सकती कि आप मेरे असन्तोष से सहमत हो पाएँगे या नहीं मगर मैं स्वीकार करती हूँ कि मुझ पर बराबर एक दबाव-सा बना रहा 'वाइफ स्वैपी' को लेकर...

एक ही भाव रहता है परिष्करण के पीछे कि अगर रचना की माँग है कि मैं उसके साथ पाँचवीं बार बैठूँ और उसका पुनर्लेखन करूँ तो आलस्य हावी नहीं होने देती अपने ऊपर।

'इस हमाम में' प्रथम प्रकाशन 'प्रभात प्रकाशन' से 1987 में हुआ था। अब, इतने वर्षोपरान्त पुन: अपने मूल रूप में प्रकाशित हो रहा है। कहने में झिझक नहीं कि आलस्य ही इसका कारण है। जबकि कहानियाँ अन्य संग्रहों में यदा-कदा प्रकाशित होती रही हैं।...

शायद, शिथिलता को शिथिल बनाए रखने में इस बात की भी भूमिका रही हो। कहानी 'होना सम्पादक की पत्नी एक लेखिका' का शीर्षक बदलकर 'अवान्तर कथा' कर दिया गया है—एक पाठक मित्र के सुझाव पर। न जँचता तो सुझाव को अमल में लाना सम्भव न था। उनका तर्क था, आपकी कहानियों के शीर्षक रचना-दृष्टि को निरूपित करते हैं न कि कथ्य का खुलासा।

चित्रा मुद्गल

अनुक्रम

भूख

आहट सुन लक्ष्मा ने सूप से गरदन ऊपर उठाई। सावित्री अक्का झोपड़ी के किवाड़ों से लगी भीतर झाँकती दिखी। सूप फटकारना छोड़कर वह उठ खड़ी हुई—"आ, अन्दर कू आ, अक्का।" उसने आग्रहपूर्वक सावित्री को भीतर बुलाया। फिर झोपड़ी के एक कोने से टिकी झिरझिरी चटाई कनस्तर के करीब बिछाते हुए उस पर बैठने का आग्रह करती, स्वयं सूप के निकट पसर गई।

सावित्री ने सूप में पड़ी ज्वार को अँजुरी में भरकर गौर से देखा—"राशन से लिया?"

"कारड किदर मेरा!"

"नईं?" सावित्री को विश्वास नहीं हुआ।

"नईं।"

"अब्बी बना लो।"

"मुश्किल न पन।"

"कइसा? अरे, टरमपरेरी बनता न। अपना मुकादम है न परमेश्वरन उसका पास जाना। कागद पर नाम-वाम लिख के देने को होता। पिच्छू झोपड़ी तेरा किसका? गनेसी का न! उसको बोलना कि वो पन तेरे को कागद पे लिख के देने का कि तू उसका भड़ोतरी...ताबड़तोड़ बनेगा तेरा कारड।"

उसने पास ही चीकट गुदड़ी पर पड़े कुनमुनाए छोटू को हाथ लम्बा कर थपकी देते हुए गहरा नि:श्वास भरा—"जाएगी।"

"जाएगी नईं, कलीच जाना!" सावित्री ने सयानों-सी ताकीद की। फिर सूप

में पड़ी गुलाबी ज्वार की ओर संकेत कर बोली, "ये दो बीस किल्लो खरीदा न! कारड पे एक साठ मिलता।"

छोटू फिर कुनमुनाया। पर अबकी थपकियाने के बावजूद चौंककर रोने लगा। उसने गोद में लेकर स्तन उसके मुँह में दे दिया। कुछ क्षण चुकरने के बाद बच्चा स्तन छोड़ बिरझाया-सा चीखने लगा—"क्या होना, आताच नईं।" उसने असहाय दृष्टि सावित्री पर डाली।

"कांजी दे।"

"वोईच देती पन..."

"मैं भेजती एक वाटी तांदुल।" सावित्री उसका आशय समझ उठ खड़ी हुई, "तेरा बड़ा किदर? और मझला किस्तू?"

"खेलते होएँगे किदर।"

उसने मनुहारपूर्वक सावित्री की बाँहें पकड़कर बैठाते हुए कहा, "थोड़ा देर बइठ न अक्का, मैं इसको भाकरी देती।" कुछ सोचती-सी सावित्री बैठ गई। वह उठकर ज्वार की रोटी का एक सूखा टुकड़ा ले आई और छोटू के मुँह में मींस-मींसकर डालने लगी। छोटू मजे में मुँह चलाने लगा।

"कॉलोनी गई होती?"

सावित्री ने पूछा तो प्रत्युत्तर में लक्ष्मा का चेहरा उतर आया।

"दरवाजा किदर खोलते फिलाटवाले? एक-दो ने खोला तो पिच्छू पूछी मैं कि भांडी-कटका के वास्ते बाई मँगता तो बोलने को लगे कि किदर रेती? किदर से आई? तेरा पेचानेवाली कोई बाई आजू-बाजू में काम करती क्या? करती तो उसको साथ ले के आना। हम तुमको पेचानते नईं, कैसा रक्खेगा। और पूछा, ये गोदी का बच्चा किसका पास रक्खेगी जब काम कू आएगी? मैं बोली, बाकी दोनों बच्चा पन मेरा छोटा-छोटा। सँभालने कू घर में कोई नईं। साथेच रक्खेगी। तो दरवाजा वो मेरा मूंपेच बन्द कर दिए।" लक्ष्मा का गला भर्रा आया।

"सुबुर कर, सुबुर कर, काम मिलेगा। किदर-न-किदर मिलेगा। मैं पता लगाती। कोई अपना पेचानेवाली बाई मिलेगी तो पूछेगी उसको। ये फिलाटवाले चोरी-वोरी से बोत डरते! कॉलोनी में काम करती क्या वो!" सावित्री ने कन्धे थपका उसे ढाढस बँधाया। उसका चेहरा घुमाकर आँसू पोंछे। अपना उदाहरण

देकर भर आए मन से हिम्मत बँधाने लगी कि तनिक सोचे, उसके तो फिर तीन-तीन औलादें हैं; वह अकेली किसका मुँह देखकर जिन्दा रहे? मुलुक में, समुद्र तट पर बसे उसके पूरे कुटुम्ब को अचानक एक दोपहर उन्मादी तूफान लील गया था और घर में दीया जलानेवाला भी कोई नहीं बचा।

"मैं मरी क्या सबके साथ? देख!"

अपना दु:ख तसल्ली नहीं देता। दूसरों का दु:ख जरूर साहेस पिरो देता है। यह सोचकर सावित्री ने अपनी पीड़ा की गाँठ खुरच दी। लक्ष्मा ने विह्वल होकर अक्का की हथेली भींच ली।

"कल मेरा दुकान पर आना। सेठ बोत हरामी हय, पन मैं हाथ-पाँव जोड़ेगी तेरे को रखने के वास्ते। अउर हाँ, बड़े को ताबड़तोड़ भेजना तांदुल के वास्ते।"

उसने स्वीकृति में सिर हिला दिया।

सावित्री झोपड़े से बाहर आई तो लक्ष्मा की दयनीय स्थिति से मन चिन्तित हो आया। मजे में गृहस्थी कट रही थी। ऐसी पनवती लगी कि सब उजड़ गया। मरद मिस्त्री था। तीस रुपया दिहाड़ी लेता। एक सुबू पच्चीस माले ऊँची इमारत में काम शुरू किया ही था कि बँधे बाँसों के सहारे फल्ली पर टिके पाँव बालकनी पर पलस्तर चढ़ाते फिसल गए। पन्द्रहवें माले से जो पके कटहल-सा चुआ तो 'आह' भी नहीं भर पाया गुंडप्पा। सेठ खडूस था। साबित कर दिया कि मिस्त्री बाटली चढ़ाए हुए था। अलबत्ता रात को जरूर वह बोतल चढ़ा के सोया था पर सुबू एकदम होश में काम पर गया। मुँह से दारू की बास नहीं गई तो और बात। हजार रुपया लक्ष्मा को टिका के टरका दिया हरामी ने।

सबने बोला ठेकेदार सेठ को मगर उसने लक्ष्मा को काम पर नहीं रखा। बोला, इसका तो पेट फूला है। बैठ के मजूरी लेगी। बैठ के मजूरी देने को उसके पास पैसा नहीं। मिस्त्री मरा तो वह पेट से थी। सातवाँ महीना चढ़ा हुआ था।

बुरा वक्त। एक काम, दस मजूर। काम मिले भी तो कैसे? ऊपर से, मुसीबत का रोना एक-से-एक बेईमान ओढ़कर निकलते। किसी के पास कोई असली जरूरतमन्द पहुँचे भी तो कोई विश्वास कैसे करे?

छोटे को कमर पर लादे लक्ष्मा बनिये की दुकान के सामने जा खड़ी हुई। सावित्री की नजर उस पर पड़ी तो वह काम से हाथ खींच, बनिये के पास पहुँची और लक्ष्मा की मुसीबतों का रोना रोकर उस पर दया करने की सिफारिश करने

लगी। लेकिन बनिये के डपटने पर कि जाओ, जाकर अपना काम देखो—वह विवश-सी एक बड़े-से झारे से अनाज चलाने बैठ गई। उसकी बगल में चादरनुमा टाट पर पंजाबी गेहूँ की ढेरियाँ लगी हुई थीं। पहले सेठ से उसके मेहनताने का करार गोनी पीछे दो रुपया था। फिर सेठ को लगा कि इस सौदे में उसका नुकसान यूँ है कि नौकर गोनियाँ जल्दी-जल्दी निपटाने की मंशा से बीनने-चुनने में मक्कारी बरतते और उसके फ्लैटवाले ग्राहक अनाज में कंकड़-पत्थर निकलने पर उससे प्राय: झिक-झिक पर उतर आते हैं कि उनकी दुकान पर जिस मुताबिक दाम लिये जाते हैं, सामान उतना साफ-सुथरा नहीं मिलता। सेठ ने फिर दिन के हिसाब से मजूरी तय कर दी। अब स्थिति बेहतर है। दोनों नौकरानियाँ और नौकर मन लगा के काम कर रहे हैं।

सेठ ने ग्राहकों से फुरसत पाई तो लक्ष्मा की ओर मुखातिब हुआ। उससे पूछा कि वह पहले कहाँ काम करती थी। उसके बताने पर कि जब मिस्त्री पति जिन्दा था तो वह भी उसके साथ बेगारी करती थी, ईंट-गारे के तसले ढोती थी और पिछले डेढ़ साल से वह बाकायदा किसी काम पर नहीं है, सेठ ने उसे सन्दिग्ध नजरों से देखा और एक भौंह टेढ़ी कर सवाल किया कि क्या उसके यही एक बच्चा है जो गोदी में है? लक्ष्मा के यह बताने पर कि इसके अलावा उसके दो बच्चे और हैं, सेठ ने उन बच्चों की उम्र जाननी चाही। उसने बेझिझक बता दिया कि बड़ावाला छह का है और मझला चार का।

सेठ ने छूटते ही उसे टका-सा जवाब दिया, "कइया रक्खेगा तुमेरा को? बड़ा बच्चावाली औरत को पड़वड़ता नईं। पीछे एक बच्चेवाली औरत को रक्खा होता, उसने इतना घोटाला किया कि क्या बोलूँ। वो काम पर बइठती नईं कि उसका एक-न-एक बच्चा मिलने को आताच रैता। पता नईं कैसा होशियारी से वो दो-दो, चार-चार किलो अनाज गायब कर देती कि मेरा गिज फिर जाता। पूछने पर शैंडी लगाती—'सेठ, कचरा बोत निकला।" फिर थोड़ा उठकर अर्थपूर्ण ढंग से उसके चेहरे को टटोलते हुए बेशर्मी से मुस्कराया और बोला, "काम पर रखने को सकता पन गारंटी के वास्ते कोई दागिना-बीगिना डिपोजिट रखो। कारण कि गोनी पीछे किलो-डेढ़ किलो कचरा निकलता है। उससे जास्ती कचरा निकलेगा तो डिपोजिट में से कीमत कट जाएगा। मंजूर तो बोलो?"

क्या बोले? टेंट में दागिना होता तो आज उसकी दुकान पर उससे मजूरी

माँगने आती? छेनी-हथौड़ी न खरीद लेती और गली-गली हाँक लगाती घूमती कि 'टाँकी लगवा लो, टाँकी!' कोई नहीं जानता कि छेनी-हथौड़ी हाथ में आते ही सिल-बट्टे पर उसके हाथ किस मुस्तैदी से थिरकने लगते हैं। छोटू कमर पे लदा उसकी पकड़ से नीचे खिसकता महसूस हुआ। सँभली और मुड़कर बिना सावित्री अक्का की ओर देखे चल दी। उनकी ओर देख सकने का साहस जुटा नहीं पाई। सावित्री अक्का को जरूर लगा होगा कि सेठ ने उसको इनकार नहीं किया बल्कि जैसे उसे ही झोंटा पकड़ नौकरी पर से बाहर कर दिया। जो औरत अनाज के कचरे में से उसके बच्चों के लिए घुघरी बनाने के लिए अन्न के दाने चुनकर लाती है, उसके कलेजे की लाचारगी और पीड़ा निश्चित ही उसकी छाती पर धँसी अवमानना की कीलों से कम गहरी और छरछराहट पैदा करती हुई न होगी। लेकिन जानती है, यही औरत दीया-बाती के समय अनाज की गोनियों के मुँह पर तागे दे जब झोपड़ी में लौटेगी तो उसे हिम्मत न हारने की घुट्टी पिलाने उसकी खोली पर जरूर आएगी।

झोपड़ी पर पहुँची तो दोनों बच्चों को घर से नदारद पा, क्षुब्ध मन की हताशा गुस्से, खीझ और चिड़चिड़ाहट में बदल गई। उलटे पाँव उन्हें गली में खोजने लपकी। वे सड़क के किनारे गटर में धँसे हमजोलियों के साथ मछलियाँ पकड़ते दिखाई दिए। उन्हें लगभग घसीटते हुए खोली में लाई और लादी पर पटक मोंगरी से पीटने लगी, मानो वह बच्चों की देह नहीं बल्कि उस मोटे सेठ की थुलथुल देह हो जिसने उन्हीं के चलते नौकरी पर रखने से इनकार कर दिया। जान बचाने को बिलबिलाते, छटपटाते, मुरगों की भाँति प्राण छूटते ही बेहरकत हुए वे बच्चे लादी पर सिसकते औंधे पड़े रहे; जैसे भयभीत हों कि उठकर बैठते ही अम्मा उन्हें फिर रेतने लगेगी। उन्हें निश्चेष्ट पड़ा देख वह ग्लानि और क्षोभ से विगलित हो भुभुआकर रो पड़ी। क्या करे? कैसे जिए? कैसे इन्हें जिलाए?

पिछले महीने जब उसका मन बहुत विचलित हो उठा, उसने तय कर लिया कि वह सावित्री अक्का से चिरौरी करेगी कि उसे कुछ पैसे किराये-भाड़े के लिए उधार दे दे। वह बच्चों समेत गाँव चली जाएगी। ससुराल में गुजर सम्भव नहीं। मायके में बड़े भाई हैं। उन्हीं के पास रहकर खेतों में मजूरी कर लेगी। मगर सावित्री अक्का ने उसे दीन-दुनिया समझाई कि जो वह सोच रही है, अब गाँवों में सम्भव नहीं। गाँवों की हालत तो यहाँ से भी बदतर है। मजूरी, वह भी दो

पाव चावल पर। यहाँ तो फिर भी गनीमत है। देर-सबेर कुछ-न-कुछ जुगाड़ हो जाएगा। यूँ छिटपिट कुछ-न-कुछ वह कर ही रही। फिर भाई भी बाल-बच्चेवाला है। महीने-दो महीने की बात हो तो सभी रिश्तेदारी निबाहेंगे। लेकिन जब उन्हें अनुमान हो जाएगा कि वह सपरिवार हमेशा के लिए रोटी तोड़ने उनकी छाती पर आ बैठी है तो पलक झपकते माया-ममता खुले कपूर-सी छू हो जाएगी। उसे सावित्री अक्का की बात व्यावहारिक लगी।

अपने बारे में भी खूब सोचा तो पाया कि गाँव जाने की इच्छा स्वयं उसकी भी नहीं; किन्तु पता नहीं क्यों जब भी वह टूटने-हारने लगती, स्वयं को गाँव के भरोसे ही भुलावा देने की कोशिश करती कि ऐसा नहीं है कि इस दुनिया-जहान में उसका अपना कहने लायक कोई नहीं। उसने पाया कि मुलुक के भरम ने कई दफे उसे ताकत दी है और समेटे रखा है। निकट जाने से यह भरम टूट सकता है और वह इस भरम को टूटने देकर बिखरना और अनाथ होना नहीं चाहती।

बच्चे लादी पर सुबकते-सुबकते ही सो गए। छोटू को भी गुदड़ी पर थपकाकर वह उठ खड़ी हुई कि जब तक वे सो रहे हैं, वह भाकरी थाप ले। जैसे ही उठेंगे, भूख-भूख चिल्लाएँगे।

दोपहर के बाद मुकादम अंजैया के पास जाएगी। एक तो राशन कारड के बारे में पूछेगी कि क्या वाकई उसका कारड बन सकता है? दूसरे उसने हाइवे पर बन रही सड़क के ठेकेदारों से उसकी मजूरी के बारे में बातचीत करने का जो आश्वासन दे रखा है, उसका क्या हुआ? यह भी खयाल आया कि पड़ोस की भैयानी उसे अपने खल-बट्टे सहित एक किलो हल्दी कूटने को दे दी गई थी जिसकी कुटाई वह खर्च के लिए उससे पहले ही ले चुकी है। उसे भी निपटाना होगा। खैर, भाकरी से निपटकर ओटले पर बैठ के कूट देगी। भीतर धमक से सोते बच्चे जग जाएँगे।

मुकादम के यहाँ से उत्साहित और प्रसन्न मन लौटी।

दोनों काम हो गए। कारड के लिए वह गनेसी से लिखवाकर दे आई कि वह उसकी भाड़ोतरी है और उसका कहीं भी कोई कारड नहीं। मुकादम ने यह भी कहा कि उसने ठेकेदार से उसके काम की भी बात कर ली है। कल सुबह

वह उसे ठेकेदार से मिलवा देगा। सात रुपये रोज मिलेंगे। सड़क पर पत्थर कूटने होंगे। जब डामर पड़ने लगेगा तब काम खत्म हो जाएगा। फिर यह उसकी मेहनत और स्वभाव पर निर्भर करता है कि वह ठेकेदार के अगले काम में मजूरी पाती है या नहीं। अगर पा गई तो जहाँ भी ठेका होगा, वह भी अन्य मजदूरों की टोली के साथ वहीं अपना डेरा बनाकर निश्चिन्त हो, रह सकेगी। किराये-भाड़े का भी झंझट नहीं। खैर, यह आगे की बात है।

उसने निश्चय किया कि वह तीनों बच्चों को संग ही ले जाया करेगी। अन्य मजदूरिनों के बच्चे भी तो साथ आते होंगे। यहाँ उसके सामने ही नहीं टिकते हरामी तो पीछे कैसे घर बैठेंगे? आँखों के सामने.रहेंगे तो तसल्ली रहेगी। साथ रखने की जरूरत भी होगी। छोटू को जहाँ भी बैठाएगी, कोई देखभाल करनेवाला भी तो चाहिए होगा। खाना वह सुबू ही बनाकर पोटली में बाँध लिया करेगी।

गली में मुड़ने लगी तो एकाएक खयाल आया कि टेंट में जो एक रुपया सहेजा हुआ है, उसमें से दोनों बच्चों के लिए दस-दस पैसेवाली मीठी गोली लिए चले और चार आने की चाय की पत्ती। बड़े से चार आने का दूध भी मँगा लेगी।

गुड़ थोड़ा-सा रखा ही हुआ है। सावित्री अक्का को 'चा' के लिए लिवा लाएगी। चिन्ता कैसी! कल से मजूरी उसे मिलने ही लगेगी। कितना अरसा हो गया है छह-सात रुपल्ली इकट्ठा देखे हुए।

घर पहुँची तो बच्चे हमेशा की तरह नदारद मिले। मगर आज उन पर गुस्सा नहीं आया; सोचा, बेचारे घर में बँधें भी तो कैसे? कोई उन्हें बैठानेवाला तो हो।

सिगड़ी सुलगाकर कनस्तर से कुल जमा तीन मुट्ठी आटा झाड़कर माँड़ने बैठ गई। एक-दो भाकरी ज्यादा ही बना लेगी—एक लोई से दो। सावित्री अक्का को भी खा लेने के लिए जबरन बैठा लेगी। मगर अगले ही पल मन 'घुप्प' से बुझ गया। दावत देने की सोच तो रही, खिलाएगी काहे से? उनकी दाढ़ें भी कमजोर हैं। सूखी भाकरी चबाने में भी दिक्कत होगी। देखेगी। कोई उपाय सोचेगी। बना तो लेती ही हूँ, अपने मन की उमंग को कैसे और कहाँ दबाए? और इस निर्धन उमंग की साक्षी सावित्री अक्का से बढ़कर और कौन हो सकता है? अचानक याद आया। फोकट में हैरान हो रही। 'चा' के वास्ते थोड़ा-सा गुड़ रखा हुआ है। एक डली पानी में भिगो चटनी-सरखी बना लेगी।

काम निपटाकर, बच्चों को ढूँढ़-ढाँढ़कर पकड़ लाई। उन्हें मीठी गोली

देकर, छोटे को खिलाने की ताकीद कर सावित्री अक्का के झोपड़े की ओर चल दी। वह बस पहुँची ही थी कि उसने अक्का को अपनी झोपड़ी की कुंडी खोलते हुए पाया।

"आ लक्ष्मा, आ।" सावित्री अक्का ने तनिक बुझे हुए स्वर में उसे भीतर बुलाया। उसके कुछ बोलने से पहले ही कहने लगी सफाई देते हुए, "मेरे को भोत दुख हुआ, सेठ ने तेरे को काम के वास्ते ना बोला न!"

"अक्का, मैं..." वह उन्हें सुबह के वाकये पर खिन्न न होने देने के आशय से तुरन्त खुशखबरी सुना देने को उतावली हो आई। अक्का अपनी ही धुन में डूबी हुई उसके उत्साह को अधैर्य के अर्थ में लेकर धैर्य बँधाती-सी बोली, "देख, तू घबरा नईं! एक अऊर भी रास्ता हय। मेरे को कलाबाई बोली कि एक औरत हय, वो छोटे बच्चे को गोद लेती हय, सँभालती हय। शाम कू बच्चा परत देती। साथ में पइसा भी देती। मेरे को बात जमा। बच्चे का वास्ते तेरे को काम नईं मिलता न। फिर काम करने को सकेगी। मैं सुबूच उसको अपने झोपड़े पर बुलाई। कलाबाई साथ ले के आएगी। उसको ले के मैं ताबड़तोड़ तेरा पास आएगी। बच्चे को वो औरत भोत अच्छे से रखती। कलाबाई को मालूम!"

वह कुछ भी समझ नहीं पाई, सावित्री अक्का का क्या मतलब है? कौन-सी ऐसी अच्छी औरत है जो बच्चे को अक्खा दिन अपने पास रखेगी, सँभालेगी और शाम को उसे लौटाएगी तो साथ में पैसे भी देगी! पर इस वक्त उसने सावित्री अक्का को अधिक छेड़ना उपयुक्त नहीं समझा। सुबह उसे लेकर वे झोपड़े पर आएँगी ही, तभी असलियत स्वयं पता चल जाएगी।

उनको ढिबरी जलाते हुए देखकर वह उठकर उनके निकट आ खड़ी हुई और उतावली-भरे स्वर में बोली, "अक्का, घर कू चल न। तेरे वास्ते मैं चा करेगी, खाना पन तू बच्चा लोगों के साथेच खाना। भाकरी करके आई मैं अऊर गुड़ का चटनी पन।"

सावित्री अबूझ-सी उसकी ओर मुड़ी।

"हाँ, अक्का, मुकादम बोला कि वो मेरा कारड पन बन पाएगा और कल से मेरे को काम पर भी जाना।"

"अइयो!" सावित्री अक्का की आँखों में हुलसा विस्मय छलछला आया।

उसने एक साँस में सारी बात उन्हें सुना डाली और पाया कि खुशी से

अक्का की आँखों में गीली चमक पैदा हो आई है।

रास्ता कट नहीं रहा। वैसे भी सान्ताक्रूज हाइवे कोई नजदीक नहीं। उसकी झोपड़पट्टी से कोई डेढ़ कोस से कम नहीं होगा। लेकिन यह दूरी जाते वक्त फर्लांग-भर भी नहीं लगी थी और अब वापसी में सुरसा का मुँह हो रही है।

ठेकेदार ने कहा था, जिस मजदूरिन को वह काम छोड़ गया समझा था और जो पिछले हफ्ते-भर से बिना किसी सूचना के लापता थी, आज सुबह अचानक मजूरी पर लौट आई। उसकी जगह पर उसने मुकादम से कह रखा था कि वह उसे कोई मजूर दे दे। अब जब वह लौट आई है तो बदले में किसी और को काम पर रखना मुमकिन नहीं। हाँ, हफ्ते-डेढ़ हफ्ते बाद उसकी मरजी हो तो चक्कर मार ले। कन्तू शायद छुट्टी पर जाए। इधर उसकी माँ को लकवा मार गया है।

समझ गई कि आग-लगे पेट की सूखी अन्तड़ियाँ निकालकर ठेकेदार के सामने रख दे, फिर भी कोई गुंजाइश पैदा होने से रही।

स्वयं मुकादम का चेहरा उतर गया। दु:खी स्वर में बोला, "घबरा नईं, लक्ष्मा! मैं दूसरा जागा पन कोशिश करेगा।"

सभी उसके लिए सोच रहे हैं कि किसी उपाय से दो जून रूखे-सूखे का ही जुगाड़ हो जाए मगर उसकी ही किस्मत फूटी है तो कुछ कैसे जुटे?

सुबह कितने ताव से सावित्री अक्का से ऐंठ गई थी कि अक्का ने उसकी मदद की खातिर इतना कमीना रास्ता कैसे सोचा? क्यों ले आई उस बदजात औरत को उसके पास? सुनकर अक्का ने बगैर चिढ़े हुए उत्तर दिया कि वह उसकी दुश्मन नहीं, न बच्चों की। मगर बच्चों का दाने-दाने को तरसना उससे झेला नहीं जाता। क्या वह नहीं जानती कि वह रात-दिन दौड़-धूप के बावजूद—कांजी तक तो चार दाने भात के साथ उन्हें पिला नहीं पाती! कुछ दिनों तक यही हाल रहा तो सोचे कि बच्चों की क्या गति होगी! उन्हें भी कलाबाई के मुँह से पहले-पहल यह प्रस्ताव सुनकर अचरज हुआ था कि कोई अपने कलेजे के टुकड़ों को भीख माँगनेवाली औरत को किराये पर कैसे दे सकता है? ऐसी गलीज हरकत से तो डूब मरना अच्छा। इसी उधेड़बुन के चलते सच्चाई जानते हुए भी उसने कल शाम को लक्ष्मा को वास्तविकता नहीं बताई। पूरी रात करवटें बदलते सोचती रही थी

कि उचित-अनुचित क्या है? आखिर यही लगा कि जैसी कठिन परीक्षा की घड़ी लक्ष्मा की चल रही उसमें अधिक सोच-विचार की गुंजाइश नहीं। हाँ, कल अगर उसे कोई मिल जाता है और वह अपने बच्चों को आराम से पाल-पोस सकती है तो अपना बच्चा उससे वापस लेने में कौन-सी दिक्कत?

"जरा ठंडे दिमाग से सोच, लक्ष्मा! भीख तो वह माँगेगी, छोटू से थोड़ी ही मँगवाएगी। बच्चा तो सिर्फ उसकी गोदी में रहेगा।"

"इसमें कोई गलत नईं।" कलाबाई ने उसका संकोच तोड़ना चाहा।

वह अवाक-सी सबके तर्क सुनती रही। साथ आई औरत ने अतिरिक्त उत्साह प्रदर्शित करते हुए अपनी बगल में लटके चीकट थैले में से एक लुभावनी प्लास्टिक की दूध की बोतल निकालकर उसे दिखाई और कहा कि वह बड़े बच्चों को नहीं, गोदीवाले को ही किराये पर लेती है। उसकी देखरेख की पूरी जिम्मेवारी उठाती है। चूँकि छोटे बच्चे के दूध, बिस्कुट आदि पर ज्यादा खर्च आता है इसलिए उसी हिसाब से उसका किराया कम हो जाता है। किराया वह दो रुपये मात्र देगी जिसे वह हर शाम बिना नागा थमा दिया करेगी। बच्चे की किस्मत से अगर कमाई ज्यादा होने लगेगी तो वह उसका किराया भी बढ़ा देगी। बच्चों की कमी नहीं उसे—एक ढूँढ़ो, हजार मिलते हैं पर कलाबाई ने उसकी विशेष सिफारिश की तो वह लक्ष्मा से मिलने चली आई। अगर उसे सौदा नहीं पड़वड़ता तो वांदा नईं। मगर उसे जलील क्यों कर रही? उसे क्या पता कि भीख माँगना कितना कठिन काम है और इस काम में उसे कितनी जिल्लतें उठानी पड़ती हैं? विरार से चर्चगेट, चर्चगेट से विरार...घंटों डिब्बे-डिब्बे खड़े-खड़े यात्रा करनी पड़ती है। सवारी-सवारी गिड़गिड़ाना पड़ता है। बच्चे को उठाए-उठाए बाजू दुख जाते हैं। उसका हगना-मूतना धोते रहो...

वह आपे से बाहर हो उठी। उसने लगभग धक्का देते हुए उस औरत को झोपड़े से बाहर खदेड़ दिया और भरसक शिष्ट हो सावित्री अक्का से बोली कि वे अब उस पर मेहरबानी करें और उसे उसके हाल पर छोड़ दें। वैसे आज से वह मजूरी को जा ही रही है। सब सँभल जाएगा।

लेकिन...बँधी हुई उम्मीद कुछ ही घंटों में दम तोड़ बैठी। यह कैसी अन्तहीन परीक्षा है! थक गई है बहुत। अब और नहीं चल सकती। हताश मन में एक भयानक विचार ने आहिस्ता से सिर उठाया। तीनों बच्चे साथ हैं। जिन्दा

भी मुर्दा समान। क्यों न तीनों सहित सड़क के उस पार समन्दर में पाँव दे दे? टंटा खतम!

उफ! यह क्या सोच रही है? उसने अपने को बुरी तरह झिड़का। धिक्कारा कि इन मासूमों का भला क्या दोष? क्यों उन्हें मार डालना चाहती है? इसलिए न कि वे मुट्ठी-भर भात के मोहताज हैं...हफ्ते-भर की ही तो बात है। ठेकेदार ने फिर बुलाया है। भगवान करे, कन्तू की लकवा-पिटी माँ ठीक न हो...फिर मुकादम ने भी आस बँधाई है। समय एक-सा नहीं रहता, बदलता है। उसका भी बदल सकता है। आखिर इतने दिन किसी-न-किसी तरह कटे ही। लेकिन किस तरह से कटे! सुबह कटी तो दोपहर भारी हो गई... दोपहर कटी तो रात!

बच्चों समेत मरने की क्या पहली बार सोची है? एक रात जब पेट में पानी उड़ेलकर भी बच्चों से भूख सहन नहीं हुई तो बिरझाई-सी तीनों को घसीटती करीमन चाली के पिछवाड़े, अँधेरे में डूबी बावड़ी पर छलाँग लगाने नहीं जा खड़ी हुई थी...और उस दोपहर भी तो अपनी हड़ियल देह से तीनों को चिपकाए पिघलते कोलतारवाले हाइवे पर पहुँची ही थी प्रण करके कि जैसे ही दैत्याकार ट्रक या दो मालेवाली बस आती दिखाई देगी, वह बच्चों समेत झपटकर सामने हो जाएगी...

ऐसे मरें या वैसे, मरेंगे जरूर एक दिन। और वह भी हत्या ही होगी और वह हत्यारिन! सुलगती पेट की आँतों को उनकी खुराक न देकर, उन्हें तरसा-तरसाकर मारना हत्या नहीं?

जिस आस के छोर को मुट्ठी में भींचे वह अपने को ढाँढस बँधा रही है अगर उसी कन्तू की माँ एक रोज ठीक हो उठ खड़ी हुई तो क्या ठेकेदार उसे मजूरी पर रखेगा? नहीं, हरगिज नहीं। आज की तरह ही उसे टरका देगा। कितना गिड़गिड़ाई थी वह मुकादम के सामने ही कि जहाँ इतने मजूर खपे हुए हैं, एक उसे भी रख ले—भले आधी मजूरी पर सही।

मगर ठेकेदार ने बेअसर होकर टका-सा जवाब पकड़ा दिया—"वो पन भोत मुश्किल है। वैसे नई बात नईं। आधे से भी जास्ती मजूर इधर आधी दिहाड़ी पे काम करते। पूरी दिहाड़ी कौन देता? टिरेनिंग में सरकार देती?"

लगा कि चिलचिलाती धूप में वह जिस कुटती-पिसती सड़क को अपने

पीछे छोड़ आई है, वह पीछे कहाँ छूटी है? सड़क की छाती उसके सीने से चिपकी उसके संग चली आई है और पत्थरों से लदे ट्रक लगातार वहाँ खाली हो रहे हैं और सैकड़ों हथौड़े एक साथ 'ठक्क' 'ठक्क' उसकी छाती कूट रहे...

सहसा बिजली-सा एक विचार दिमाग में तड़का। बच्चे बच सकते हैं। उपाय है—अगर वह छोटू को उस भिखमंगी औरत को किराये पर उठा दे तो? छोटू का पेट भरेगा-ही-भरेगा, दो रुपये जो ऊपर से मिला करेंगे उसमें किल्लो-भर मोटा चावल आ जाएगा। बड़े और मझले के पेट में भी दाने पड़ जाएँगे। फिर कौन उसे हमेशा के लिए किराये पर उठाएगी! कुछ ही दिन की तो बात है। ठेकेदार ने मजूरी नहीं भी दी तो देर-सबेर कहीं-न-कहीं जुगाड़ लग ही जाएगा। मजूरी मिलते ही वह ताबड़तोड़ छोटू को उस औरत के चंगुल से छुड़ा लेगी। किसी को पता भी नहीं चलेगा। सावित्री अक्का की बात अलहदा है। वे तो उसकी ढके-फटे की साथिन हैं ही।

सन्ध्या को अक्का से जाकर कह देगी कि उसे उस औरत की बात मंजूर है। सन्ध्या को ही क्यों, अभी ही क्यों नहीं? यहाँ से सीधा सावित्री अक्का की दुकान पर ही न चली जाए? कहीं ऐसा न हो कि वह औरत अपने धन्धे के लिए कोई दूसरा बच्चा तय कर ले। अभी मिल लेगी तो सावित्री अक्का कलाबाई के हाथों फौरन उसके पास खबर भिजवा देंगी कि उसे बच्चा देने में कोई एतराज नहीं...

छोटू पेट में आया तो उसका सपना था कि उसके होने पर वह मिस्त्री से जिद्द कर फिलाटवालों जैसी रंग-बिरंगी दूध की बोतल खरीदेगी। भले उसकी छातियों से बालटियों दूध उतरे...

वह सिगड़ी पर से गीला भात उतारकर सूखी बोमबिल (सूखी मछली) का सालन छौंकने जा रही है; लेकिन उचाट मन हाथों का साथ नहीं दे रहा।

अँधेरा गाढ़ा हो रहा। मगर अब तक छोटू को लेकर जग्गूबाई खोली नहीं लौटी। छोटू को धन्धे पर ले जाते उसे तीसरा महीना पूरा होने को आया पर कभी लौटने में इतनी देर नहीं हुई। अँधेरा घिरने से पहले वह छोटू को उसके हवाले कर जाती है और बिना नागा दो रुपये के चिल्लर हथेली पर रख देती है। मन अनेक अनहोनियों में घुमड़ रहा। कहीं भीड़-भड़क्के में चढ़ते-उतरते धक्का न

खा गई हो! बिना टिकस के तो नहीं फिरती-घूमती कि पकड़ी गई हो और जेहल में बन्द हो? फिर? कुछ सूझ नहीं रहा कि क्या करे! रहती कहाँ है, यह भी तो उसे ठीक से पता नहीं कि कहीं चक्कर मारकर खोज-खबर ले ले। कहीं वह सीधे अपनी खोली पर तो नहीं चली गई? हालाँकि बगैर छोटू को उसके हवाले किये वह सीधे अपनी खोली नहीं जाएगी। कभी गई नहीं। लेकिन जाने को जा भी सकती है! उस जैसी सिरफिरी माँ कोई होगी! जिसको अपने कलेजे का टुकड़ा सौंपा उसका पता-ठिकाना नहीं रखना चाहिए? माना कि सौदा सावित्री अक्का ने पटाया लेकिन खुद उसकी जिम्मेदारी बनती... सावित्री अक्का को खबर कर दे?

सालन पर ढक्कन देकर उठने को ही थी कि झोपड़ी के दरवाजे पर किसी के नंगे पैरों की आहट सुनाई दी और दूसरे ही पल लस्त-पस्त जग्गूबाई सोते हुए छोटू को गोदी में उठाए भीतर दाखिल होती दिखी। उसकी जान में जान आई। कुछ पूछने से पहले ही जग्गूबाई ने छोटू को उसकी गोद से उतारते हुए आँखों को नचाकर संकेत किया कि पहले बच्चे को वह चटाई पर थपका दे, बड़ी मुश्किल से सोया है। बहुत बोमड़ी मारता!

छोटू को लेते हुए उससे सबुर नहीं हुआ—"कुच्छ लफड़े-बिफड़े में फँसी क्या?"

उसकी नादानी पर जग्गूबाई फिक से हँस दी—"मेरे को लगा कि तू ये इच सोच के घबराती होएगी। मैं धाई-धाई में फास्ट टिरेन में चढ़ी...पिच्छू वो खार किदर रुकने की? बोरीवली उतरी कि ताबड़तोड़ सिलो टिरेन पकड़ी, अऊर अब्बी इधर पोंची। ले, फटाफट तेरा हिसाब ले।" उसने टेंट खोलकर दो रुपये की चिल्लर गिनी और उसकी ओर बढ़ा दी। फिर अल्मुनियम का पिचका कटोरा औंधा कर दिखाती हुई ठेना मारती-सी बोली, "जरा पन धन्धा नईं हुआ पर तेरे को जो ठेराया वो देनाच न।"

लक्ष्मा ने नि:शब्द चिल्लर की ढेरी बनाई और धोती की किनारी में जतनपूर्वक लपेटकर टेंट में खोंस ली। धन्धा हुआ कि नहीं, भला इससे उसको क्या लेना-देना! वह ज्यादा-कम के टंटे में पड़ती ही नहीं...

इधर जग्गूबाई छोटू को लेने झोपड़े में घुसती नहीं कि उसके जाते ही वह बड़े और मझले को सामने ही खेलते रहने की धमकी देकर घर से बाहर हो

लेती। जहाँ भी जो बताता, पता लगाने पहुँच जाती कि क्या उसके लायक कोई काम वहाँ निकल सकता है। कल सुबह ठेकेदार के पास मुकादम को लेकर फिर चक्कर मार आई है...कन्तू की माँ ठीक नहीं है, फिर भी वह छुट्टी पर नहीं जा रहा।

सालन की फदकन से पतीली का ढक्कन भक्क-भक्क कर रहा है। आँचल से ढक्कन खींचकर देखा तो सुगन्ध से अन्दाजा हो गया कि बोमबिल पक गई। उसे बच्चों का खयाल हो आया। बेचारे सन्ध्या से ही भूख-भूख की रट लगाए, सिर पर कूदम-कूद मचाए हुए थे। मझले किस्तू ने आकर कई बार पूछा, "छोटू धन्धे पर से नईं आया? आएगा तो पिच्छू भाकरी देगी?" किसी प्रकार उन्हें बहला-फुसलाकर बाहर भेज दिया था। करती क्या, छोटू की चिन्ता किसी काम में रमने ही नहीं दे रही थी। खैर, अब तो छोटू घर आ गया और खाना भी पक गया। उठी और बच्चों को बुलाने के लिए बाहर लपकी।

अभी उसने झोपड़े से बाहर पाँव दिया ही था कि अचानक छोटू चिहुँककर जाग गया और चीखें मार-मारकर रोने लगा जैसे किसी ने उसे सोते में चिकोटी भर ली हो और वह पीड़ा से बिलबिलाकर चीख पड़ा हो। वह पलटकर घबराई हुई-सी उसकी ओर दौड़ी। उसे गोदी में उठाकर पुचकारा, दुलराया। फिर कटोरी-चम्मच उसके सामने रख टनटनाकर बहलाया कि कुछ देर किसी भी प्रकार छोटू बहल जाए और कटोरी-चम्मच के संग खेले तो वह बड़े और मझले को लिवा लाए। मगर उसने पाया कि छोटू किसी तरह चुप होने को तैयार नहीं है। शंका हुई—कीड़े-वीड़े ने तो कहीं नहीं काट खाया? चौकन्नी नजर से उसने लादी टोही। उसे कुछ नहीं दिखा।

खीझकर वह उसे ज्यों-का-त्यों छोड़कर बाहर हो गई। इधर छोटू बहुत चीं-चीं करने लगा है। उसे लगता है कि दिन-भर जग्गूबाई की गोदी चढ़े रहने और घर से बाहर रहने के कारण छोटू को घुमक्कड़ी की बुरी लत हो गई। यही वजह है कि घर में घुसते ही वह लगातार मिमियाता रहता है और चाहता है कि कोई-न-कोई उसे गोदी में उठाए ही रहे।

दिन-भर की मगजमारी के बाद बचता है बूता कि छोटू को गोदी में टाँगे डोले? जिद्द की आदत छुटानी होगी। बड़े और किस्तू को लेकर घर में घुसी तो छोटू को पूर्ववत चिंचियाते पाया। अबकी उसने ध्यान ही नहीं दिया। किस्तू उसे

गोदी में उठाने लपका तो उसे भी डपट दिया, "पड़ा रहने दे!"

छोटू को अनदेखा करते हुए बड़े और किस्तू के लिए भात और बोमबिल परोसकर थाली उनके सामने सरकाई कि तभी दृष्टि उनके चीकट हाथ-पाँव पर गई। खीझती हुई उठी और उन्हें लगभग घसीटते हुए मोरी के निकट ले जाकर भुनभुनाती, हाथ-पाँव धुलाने लगी। सुबू बावड़ी से पानी खींच भरपूर दोनों को नहला-धुलाकर छोड़ गई थी। कैसे गटर में लोटे सुअर सरीखे थाण हो रहे! पल्ले से बड़े का मुँह पोंछ ही रही थी कि अचानक पलटी थाली की झन्नाहट सुन मुड़कर देखा, पाया कि बैंया-बैंया निकट जाकर छोटू ने झपट्टा मारकर भात की थाली लादी पर उलट दी। वह क्रोध से बावली हो उठी। 'ताड़' उसने लपककर छोटू को थप्पड़ जड़ दिए—"तेरे को दूध होना, बिस्कुट होना...अक्खा दिन पेट-भर खाना होगा...पन घर में आ के हर रोज बोमाबोम करना। येई वास्ते च तू वैसा का वैसाच बोमबिल-सरखा हरामखोर! सत्यानाश किया न इतना भात!"

छोटू मार खाकर आँखें उलट बैठा। उसके सींक-से हाथ-पाँव तकली में बटते सूत-से ऐंठने लगे। वह घबरा गई। यह क्या हो गया अचानक छोटू को? हाथ-भर की गेहुँई काया नीली पड़ रही। कभी तो ऐसा नहीं हुआ उसे। कोई पहली बार पिटाई की उसकी? कई दफे भिन्नाकर उसने छोटू को उठाकर पटक तक दिया है...और घंटे-खाँड़ सुबकियाँ खींच-खींचकर छोटू औंधा गया। उसे रुआँस छूटने लगी।

हाथ-पाँव मल-मलकर देह गरमाने की कोशिश की कि वह होश में आए पर उसने महसूस किया, उसकी पसीजती हथेलियों की आँच सोखने के बावजूद छोटू की देह निरन्तर ठंडी ही पड़ती जा रही है। नीले पड़ रहे होंठों के बाएँ कोने पर अचानक सफेद बज्जे से फूटने लगे। अकड़ी देह छटपट करने लगी। भड़भड़ाकर उसने छोटू को गोदी में उठा झकझोरा।

अचानक उसे याद आया—रामदेव भैयानी के इकलौते बेटे बचुवा को साँसें बाँध लेने की बीमारी है। डॉक्टर ने भैयानी को चेतावनी दी है कि जैसे ही बचुआ रोते-रोते साँस बाँध ले, वह तुरन्त अंजुली-भर पानी 'छपाक' से उसके मुँह पर मार दे। पानी पास में न हो तो जोरदार थप्पड़ रसीद दे, पट्ट से साँस ढील देगा बचुवा। रोग कोई नहीं बचुवा को। फकत जिद्द चढ़ती है, जिद्द। छोटू के लक्षण भी मिलते-जुलते लगे। उसने जी मजबूत कर छोटू के

गाल पर जोर का थप्पड़ जड़ दिया...असर दिखा। ऐंठी देह कुछ ढीली हुई। छटपटाहट भी।

"हिलने का नईं छोटू के पास से! देख इसको, मैं अब्बी आई।" बड़े और किस्तू को हिदायत दे वह उसे ज्यों-का-त्यों छोड़कर बदहवास सावित्री अक्का के झोपड़े की ओर दौड़ी। अक्का को संग लेकर लौटी तो पाया कि मझले और बड़े के रोने का स्वर सुनकर तमाम पड़ोसी छोटू के इर्द-गिर्द घिर आए। छोटू की नाजुक हालत देखकर सभी ने सुझाव दिया कि देशी इलाज में समय गँवाना मुनासिब नहीं।

अक्का ने छोटू को लपककर गोद में उठाया और मुख्य सड़क पर स्थित डॉ. चिरवलकर के दवाखाने की ओर दौड़ी। पीछे-पीछे आशंकित-से कुछ अड़ोसी-पड़ोसी भी।

डॉ. चिरवलकर ने बच्चे की नाजुक हालत देखते ही हथियार डाल दिए कि बच्चे का इलाज उनके वश का नहीं। उसे फौरन आभा अस्पताल ले जाना होगा। बच्चे को ग्लूकोज चढ़ाना पड़ेगा, खून देना होगा। लक्ष्मा ने घबराकर सावित्री अक्का की ओर देखा तो सावित्री अक्का ने उसका आशय भाँप सान्त्वना दी कि चिन्ता न करे और तुरन्त एक टैक्सी रोक ले। पैसे हैं उनके पास।

सयानी अक्का छोटू को सीधा उसी वार्ड में ले गई जहाँ गम्भीर मरीज को दाखिल किया जाता है। जहाँ परची बाद में कटती है, डॉक्टर पहले देखते हैं। तकरीबन पाँच मिनट बाद अचेत पड़े हुए छोटू को बड़ी नर्स देखने आई तो उसकी मरणासन्न हालत देखकर चिन्तित हो उठी। बिगड़ी कि बच्चे को तुम लोग अस्पताल तभी लाता जब बच्चा मरने कू होता है! क्यों लाया इसको अभी इधर? फिर उसने तुरन्त डॉक्टर के पास खबर भिजवाई और बेबी नर्स को बच्चे को फटाफट इमरजेंसी वार्ड में ले चलने की ताकीद की।

दीवार से टिकी खड़ी अडोल लक्ष्मा की सूनी आँखें वार्ड के बन्द दरवाजे को सूजे-सी छेदती, आर-पार देख पाने को छटपटाती-सी लगीं।

धीमे-से अक्का ने निढाल लक्ष्मा को छुआ—"ग्लूकोज का एकच बाटली को खाली होते चार तास (घंटे) लगते। अक्खा रात एइसा खड़ा होने से चलेगा? सोच, तेरी तबीयत बिगड़ी न, पिच्छू तेरे को देखना कि छोटू को सँभालना..."

"डॉक्टर बोत हुश्यार इधर के। सब ठीक होएगा।" अक्का ने ढांढस बँधाया।

जैसे ही कोई नर्स वार्ड से बाहर आती दिखती, अधीर लक्ष्मा आशास्पद भाव से उसकी ओर लपक पड़ती। तकरीबन ढाई घंटे की असाध्य प्रतीक्षा के बाद डॉक्टर वार्ड से उनकी ओर आते हुए दिखे। उन्होंने निकट पहुँचकर सबसे पहला सवाल पूछा कि उन चारों में से बच्चे की माँ कौन है?

साथ आई काम्बले ताई ने लक्ष्मा की ओर संकेत किया।

डॉक्टर ने पल-भर लक्ष्मा को भेदती नजरों से देखा, फिर रुक्ष स्वर में बोले, "बच्चे को खाने को नहीं देती थी क्या? बच्चा भूख से मर गया...उसकी आँतें सूखकर चिपक गई थीं।"

"क्या?" लक्ष्मा के गले से आरी-सी काटती एक करुण चीख फूट पड़ी— "पन कइसा? वो तो बोलती होती कि वो उसको दूध देती, बिस्कुट खिलाती..." उस पर बेहोशी-सी छाने लगी।

साथ आई औरतों ने लपककर लक्ष्मा को सहारा दिया।

समय-कुसमय का संकोच त्याग काम्बले ताई अपना क्षोभ नहीं रोक पाई। भर्त्सना-भरे स्वर में बोली, "अब रोने से क्या! भिकारिन ने बच्चा पूजा के वास्ते नईं लिया होता। वो छिनाल बच्चे का पेट भरती तो बच्चा आराम से गोदी में सोता, पिच्छू उसको भीक कौन देता? अरे, वो बच्चे को फकत भुक्काच नईं रक्खते, रोता नईं तो चिकोटी काट-काट के रुलाते कि लोगों का दिल पिघलना... अभागिन, काय कूँ दी तू उसको अपना छोटू रे?"

ढह रही लक्ष्मा को कुछ सुनाई नहीं दे रहा। उसे सिर्फ दिखाई दे रही है दूध-भरी बोतल...बिस्कुट का डब्बा...चिपकी आँतें...और एक बच्चे की लाश!

(1984)

फातिमा बाई कोठे पर ही नहीं रहती

उसे लगा कि बरसों पुरानी घिसन से चिकनी हो आई लकड़ी की सीढ़ियों में रपटन हो रही है। पैर सावधानी से जमा-जमाकर नहीं रखे और बाईं तरफ जो ढबढबाते अँधेरे में काली चादर-सी तनी दीवार है, उस पर टेक के लिए पंजा नहीं जमाया तो निश्चित ही किसी भी क्षण दुर्घटना से उसकी मुठभेड़ हो सकती है। दीवार से पंजा छूते ही एक लिसलिसी चिकनाहट हथेलियों को भेदती पूरे शरीर में सिहर गई। मन एकबारगी घिन आया। न जाने कितनी और कैसी-कैसी हथेलियाँ टेक की खातिर इन दीवारों से चिपकी होंगी और...उसे टॉर्च साथ लेकर आना चाहिए था। लेकिन उसे क्या पता था कि इतनी खस्ताहाल सीढ़ियों और हिकाते अँधेरे से उसका पाला पड़ेगा।

"मैं साथ में टॉर्च लाना भूल गया। दिन पाली में जरूरत भी नईं पड़ता न।" कुछेक सीढ़ियाँ उससे ऊपर अभ्यस्त अन्दाज में चढ़ते हवलदार पवार ने उसकी परेशानी भाँपते हुए संकोचपूर्वक सफाई दी।

हवलदार पवार की बात सुनकर उसने कोई प्रतिक्रिया व्यक्त नहीं की। उसे सीढ़ियाँ किसी दुर्गम पहाड़ी रास्ते की कठिन चढ़ाई की सतर्कता से जकड़े हुए थीं। ध्यान बँटाकर वह किसी प्रकार का खतरा आमंत्रित करने के मूड में नहीं थी। यहाँ तक आने का निश्चय ही अपने-आपमें एक ललकारती चुनौती थी। वह चाहती तो कुछेक खोजी पत्रकारों के लेखों और विश्लेषणों के आधार पर बड़ी आसानी से देह-व्यापार की दुनिया अपने इर्द-गिर्द बुन लेती और उसकी रिपोर्टिंग तैयार हो जाती। मगर रह-रहकर उसके अन्तर्मन को यही प्रश्न उमेठता रहा कि क्या वह दूसरों के गढ़े आईनों में मनुष्यता की देह पर कोढ़ सदृश गल

रही इन विद्रूप सच्चाइयों के वास्तविक चेहरे टटोल पाएगी?

'खरर!' अचानक अँधेरे में माचिस की तीली सुलगी। उसके और हवलदार पवार के बीच की दूरी तय करती कुछेक सीढ़ियाँ पीली काँपती लौ में क्षण उजिया आईं। पता नहीं कैसे उसकी असुविधा का यह समाधान हवलदार पवार को सहसा सूझ आया। उसे अच्छा लगा। एक तीली बुझती कि तुरन्त पवार दूसरा सुलगा के उसके सामने कर देता।

"हमें कोई आपत्ति नहीं। आप जाना ही चाहती हैं तो एक हवलदार संग किये देते हैं। वह आपको रेड लाइट एरिया का कुछ हिस्सा दिखा देगा।" कहकर पुलिस उपायुक्त श्री श्यामसुन्दर सिन्हा पल-भर को कारुणिक खामोशी में उतर गए प्रतीत हुए। दोबारा दृष्टि उसके चेहरे पर टिकी तो वे उसके मनोभावों की दृढ़ता तौलते हुए बोले, "उनकी अभावग्रस्त जिन्दगी वाकई नरक है, नरक! आप चाहें तो एकाध औरत को हम यहीं बुलवाकर आपसे मुलाकात करवाए देते हैं।"

"इतने से काम चल जाता तो आपके पास आने की जरूरत न पड़ती।" कटाक्ष उसके स्वर में स्पष्ट हो आया था।

"अभी अपुन आ गए।" सीढ़ियों का एक घुमावदार मोड़ मुड़ते ही प्रसन्नचित्त पवार का स्वर उसे भी उत्फुल्ल कर गया। अपनी फूलती साँसों को काबू करने का प्रयास करते हुए पवार ने बताया कि हमें चौथे माले पर ही पहुँचना था और अब हम चौथे माले पर पहुँच गए हैं। फातिमाबाई पच्चीस नम्बर में रहती है।

पवार का प्रसन्न होना स्वाभाविक लगा। लग रहा था कि वे वस्तुत: किसी दुर्गम गुफा को पार कर गन्तव्य तक पहुँच पाने में सफल हुए हैं।

सीढ़ियों से लगा एक लम्बा सहन था जिसके चारों ओर चालनुमा खोलियाँ फैली हुई थीं। उसे अन्दाजा हो आया—इन्हीं खोलियों की पिछली दीवारों पर जिनमें जँगलेनुमा खिड़कियाँ सड़क की दाहिनी ओर खुलती हैं, लड़कियाँ उत्तेजक भाव-भंगिमाओं में खड़ी हुई ग्राहकों को अपनी ओर आकर्षित करने का प्रयास करती दिखती हैं।

पवार ने गलियारे में प्रवेश करने से पहले उसे ठहरने का संकेत किया— "मैडम, मैं जरा फातिमाबाई का पता लगा के आता।"

मिनट-भर भी नहीं गुजरा होगा कि वह चेहरे पर फतह भाव चुपड़े, मुस्कराता उसके पास आ खड़ा हुआ, "फातिमाबाई जग गई हैं।"

चीकट परदे को एक ओर सरकाते ही पलंग पर से जैसे किसी औंधे घड़े ने गरदन उठाई हो, "आओ पवार, सुबू-सुबू कैसे तकलीफ की?"

समझ गई कि सवाल पवार के बहाने उससे ही किया गया है। पवार तो उनसे मिनट-भर पहले ही मिलकर गया है। उद्‌देश्य भी उसने जरूर स्पष्ट कर दिया होगा। उत्तर उसी ने दिया, "अपनी कुछ लड़कियों से बात करवा देंगी?"

फातिमाबाई की सुरमा-लिपी, मिचमिची आँखों ने दाहिनी भौं चढ़ाकर पवार को साभिप्राय देखा—"करवाना ही पड़ेगा। मगर एक बात बता दूँ आपको, यहाँ गैर-कानूनी धन्धा नहीं होता। हम लड़की बाद में लाते, लाइसेंस पहले बनवा लेते।" फिर बिस्तर पर से उतरते हुए उससे कुर्सी पर बैठने का आग्रह करती, ताना मारते-से स्वर में कहने लगीं, "बोलो मेम सा'ब! ये पोलिसवाले तो सुबू-शाम अपनी हाजिरी लेते ही हैं...अब अखबारवाले भी चक्कर लगाने को लगते हैं। बाकी सब तो खैरियत है पन मैं बोलती कि कुछ इसके बारे में भी आप लोग लिखिए कि सरकार हमारी इमारतें भी थोड़ा दुरुस्त कराए...पानी हफ्ते-हफ्ते ऊपर नहीं चढ़ता, संडास भरे रहे हैं। टूटे पाइप से अक्खा दिन मैला रिसता रहता है। बदबू के मारे गिराक ऊपर नईं चढ़ता। धन्धे का कोठी कैसे सहन करें, आप ही बोलो!"

शिकायत करते-करते अचानक फातिमाबाई को चेत आया कि अपना दुखड़ा रोने के पीछे अब तक उन्होंने उसकी आवभगत का कोई उपक्रम नहीं किया। फौरन आवाज देकर, एक छोकरे को पास बुलाया। गुर्राए हुए स्वर में आदेश देती बोलीं, "लौंडे! जा, फटाफट लिम्का की दो ठंडी बोतलें ले आ।" लड़के को भेज एक सायास विनम्र मुस्कराहट उछालती वे उसकी ओर पलटीं, "अभी बुलाती छोकरियों को।"

"बुलाती क्यों हैं, वहीं चलकर मिलवा दीजिए जहाँ वे रह रही हैं।"

उसका अभिप्राय भाँपकर फातिमाबाई क्षणांश विचारमग्न हुईं। फिर सहज होकर बोलीं, "ठीक है, चलिए।"

उसने उठते हुए हवलदार पवार को संकेत से वहीं ठहरने का इशारा किया और स्वयं फातिमाबाई के पीछे हो ली।

"ये बड़ा खोली है। इसमें चार छोकरी एक साथ रहती हैं। सबको किलास (क्लास) के मुताबिक रखते हैं। हमारे पास अच्छे गिराक भी आते हैं न! जागा तो आपने देखा, कितना घाण है। सरकार बोलती जास्ती, कुछ करने के नाम पर इल्ले। हमने कई दफे लिख के भेजा भी है कि सरकार को हमारे वास्ते किदर भी एक अच्छा कॉलोनी बना के देना चाहिए। हम कोई भेड़-बकरी तो नहीं हैं।" वे पुन: अपनी परेशानियों का रोना दोहराती, आगे बढ़ती सहसा एक खोली के सामने रुकीं। दरवाजे पर पड़ा चीकट परदा एक ओर सरकाकर भीतर झाँकती अचानक चीखीं, "उठने को नईं भो...बोत हरामी है ये छोकरी लोग, सीधे बोलने से सिर चढ़ते हैं।"

उसके कान गरम हो उठे।

लड़कियाँ सचमुच सोकर उठी थीं। उनके चेहरों पर रात का अँधेरा बदरंग धब्बों में पुता हुआ था।

"ये जरीना, ये रेशमा, ये केतकी, ये शहनाज...शहनाज नेपाली है।" उनके परिचय के बाद वे उन्हें उसका परिचय देती बोलीं, "ये मेम अखबार में तुम्हारी बातचीत लिखेंगी। इनको, जो पूछें वो साफ-साफ बोलना।"

वह संकेतों में चाबुक फिराने की चतुराई भाँप गई। लड़कियों के लिए स्पष्ट चेतावनी थी कि जो भी बोलना, सोच-समझकर बोलना वरना परिणाम भुगतने के लिए तैयार रहना।

वह बिस्तर पर बैठती सकुचाई तो केतकी ने अपने गोद के बच्चे को सिरहाने लिटाते हुए व्यंग्य कसा, "गिराहक को हम इधर नहीं निपटाते। आराम से बैठिए।"

वह कटकर रह गई।

फातिमा बाई थोड़ी हड़बड़ी में दिखीं—"आप बात करो, मैं अभी आई।"

फातिमा बाई के खोली से बाहर होते ही एकाएक वातावरण दबावमुक्त हो आया। उसे यही दुविधा सता रही थी कि अगर उनके बीच फातिमा बाई डटी रहीं तो वह न उनसे खुलकर मिल पाएगी, न बात ही कर पाएगी। लड़कियों के तो सहज होने का प्रश्न ही नहीं उठता।

रेशमा ने बताया कि वह बेहद गरीब घर की लड़की थी। यहाँ तक कि दो-दो दिन हो जाते रोटी का मुँह देखे। सौतेली अम्मी के पहले मर्द से चार बच्चे थे, तीन हम। गुजर हो तो कैसे, एक रोज अम्मी बोली कि चल, तुझे काम पर लगाना है। काम कुछ नहीं है, फकत एक बूढ़ा-बुढ़िया को पानी-वानी देते रहना है। बुढ़िया तो ठीक थी; मगर जैसे ही वह घर से बाहर जाती, बूढ़ा उससे फ्रॉक उतार देने को कहता। अम्मी को बताया। पर उलटा वे उसे ही धाँधने लगी थीं कि खबरदार जो वह काम छोड़कर आई...और किसी से उसने इस बात की चर्चा की तो! अम्मी ने ही सिखलाया कि आइन्दा जब वह बूढ़ा उससे फ्रॉक उतारने को कहे तो मचल जाना कि पहले हाथ में कुछ रुपये रखे।

दिन बीतते रहे। लेकिन एक दिन उसे महसूस हुआ कि पैसे अम्मी के हाथ पर रखने के बावजूद उसके लिए रोटी नहीं बचती। उन्हीं दिनों वह फ्लैट की अन्य नौकरानियों के सम्पर्क में आई। उन्होंने उसकी भेंट एक फ्लैट की मालकिन से करवाई जो दलाली लेकर लड़कियों से धन्धा करवाती थी। वहीं से फिर फातिमा बाई से भेंट हुई। तब से यहीं पर है। जिस घोर नरक को मँझाती वह यहाँ तक पहुँची थी, तसल्ली इस बात की है कि यहाँ वे मुखौटे नहीं हैं जो अम्मी और अब्बा की पाक सूरत की आड़ में नीच कर्म को विवश करते हैं।

"मान लो, तुम्हें कल एक बेहतर सामाजिक जिन्दगी जीने का आश्वासन मिले, तो क्या यह जगह छोड़ सकोगी?" उसने उद्वेलित स्वर में रेशमा से सवाल किया।

"नहीं।" एक नि:श्वास उसकी ओर उछला।

उसके चेहरे पर विस्मय रेंग आया।

रेशमा की आवाज उसे किसी गहरे कुएँ से आती प्रतीत हुई—"बेहतर जिन्दगी...अच्छी जगह, साफ-सुथरे कपड़े...क्या यही बेहतर जिन्दगी की उम्मीदें हैं? क्या साफ-सुथरे कपड़ों के नीचे मर्द के हाथ औरत का जिस्म टटोलने से ठिठकते हैं? यहाँ, अपने भरोसे मैं ज्यादा सुरक्षित और सुखी हूँ।"

"हरामजादी डायलॉग मारती, हाँ! झूठ बोलती, झूठ!" अचानक केतकी गुस्से से बिफरती उस पर झपटी।

वह केतकी के इस अप्रत्याशित हमले से हतप्रभ रह गई। अन्य लड़कियों ने उसे इस अभद्र हरकत के लिए लताड़ा, फिर समझा-बुझाकर शान्त किया।

मगर केतकी का आक्रोश शान्त नहीं हुआ। वह रेशमा को चुनौती देती-सी बोली, "सुख की बात करती...इदर सुखी है? ऐसे बोलती है जैसे इदर आनेवाले राजा राम के अवतार हैं। अरे, कोई निकल के जाना भी चाहे तो कैसे पाँव उठा सकती है? खाल उधेड़ के भूसा नहीं भर देंगे! दिखाऊँ? दिखाऊँ इस नरक की सड़न को? देख!" उसने आँचल हटा अपने ब्लाउज के बटन 'चट-चट' खोल दिए। उसके मातृत्व से भरे-भरे उघड़े स्तन नील और खरोंचों से क्षत-विक्षत बाहर लटक आए।

पीड़ा से सिहरकर उसने आँखें मींच लीं। 'उफ' तक होंठों पर आने से पहले ही शर्म से घुट गई।

केतकी पर तो जैसे कोई उन्माद तारी हो उठा। वह भूल ही गई कि भले इस क्षण फातिमा बाई खोली में मौजूद नहीं है किन्तु उसकी उद्दण्डता की खबर उनसे छिपी नहीं रहेगी। वह किसी भी आतंक और दबाव से निर्भय होकर बताने लगी कि अभी उसकी जचगी हुए तीसरा महीना भी पूरा नहीं हुआ है कि निर्दयी फातिमा बाई ने उसे धन्धे के लिए विवश कर दिया। उसका एक चहेता ग्राहक है भट्ठी चलानेवाला जोसफ। लगभग हर रात वह धुत होकर उसके पास पहुँचता है। रात गुजारता है, वह तो कोई बात नहीं मगर जिस नृशंसता और कामुकता से वह उसकी देह से खिलवाड़ करता है, उसकी गवाह ये छातियाँ हैं...और तो और, हरामखोर छातियाँ चूस...वह तड़पकर रह जाती है। चिरौरी करती है, गिड़गिड़ाती है, अपने दुधमुँहे बच्चे का वास्ता देती है लेकिन वह एक नहीं सुनता। जब तक स्वयं बिस्तर नहीं छोड़ देता, उसे भी नहीं हिलने देता। सुबह जब वह अपने बच्चे के पास पहुँचती है, बच्चा निचुड़ी छातियों से मुँह नहीं लगाता। फातिमा बाई से कितनी दफे रोई है पर वो उलटे ही घुड़क देती है कि एक रात के पन्द्रह रुपल्ली थमाता है जोसफ। उसके जैसी एक बच्चे की अम्मा को तो कोई टके को न पूछे। और बच्चा रात-भर उसका दूध नहीं चिंचोरेगा तो क्या उसके प्राण निकल जाएँगे? पूरे साढ़े तीन महीने महारानी ने खटिया तोड़ी है। नुकसान कौन भरेगा?

केतकी की तरल आँखें प्रश्नों की बौछार करती सीधे उस पर टिक गईं। पुतलियों के चारों ओर झल-झल करता गहरा नीला वृत्त मानो किसी लपलपाते अग्नि गोले में परिवर्तित हो उठा। एक क्षण को उसे लगा कि इन पुतलियों से

वह परिचित है—नीले वृत्त से घिरी पुतलियाँ जो आम आँखों से अपने को अलग खड़ा कर लेती हैं! अलग से याद भी रहती हैं। मगर कहाँ देखा है इन्हें? कब? शायद उसे भ्रम हो रहा है। केतकी से कहीं मिलना सम्भव भी कैसे हो सकता है? मगर नहीं। दोबारा दृष्टि टकराई तो फिर यही एहसास कुनमुनाया—परिचय है! मस्तिष्क को खँगालना शुरू किया तो सहसा बिजली-सा एक किशोर चेहरा मानस-पट पर कौंधा। एक नाम होंठों पर कुनमुनाया—"शैला!"

केतकी चौंक गई। जलती आँखें झुककर फर्श कुरेदने लगीं।

"क्या मैं केतकी से अकेले..." उसने आग्रह किया तो तीनों लड़कियाँ उठकर खोली से बाहर हो गईं।

उसके बाद चुप्पी शब्द खोजने लगी।

एक-एक सेकेंड महीने-दर-महीने की लम्बाई फलाँगता हुआ पीछे लौट रहा है—आठ साल पीछे...

वह पंजाब मेल की यात्रा थी। वह अपनी बीमार छोटी बहन को देखकर ग्वालियर से मुम्बई लौट रही थी। आरक्षण न हो पाने पर उसे महिलाओं के चालू डिब्बे में बहनोई ने इस आश्वासन के साथ दाखिल करा दिया था कि इस ठुसमठूस से घबराने की कोई बात नहीं है। झाँसी आते ही डिब्बा खाली हो जाएगा। हुआ भी ऐसा ही। झाँसी पर लगभग आधा डिब्बा खाली हो गया। अच्छी तरह से बैठने की जगह ही नहीं मिल गई अपितु ऊपरवाली बर्थ पर उसने तुरन्त अपना बिस्तर खोल, सोने की सुविधा भी जुटा ली। झाँसी से जैसे ही गाड़ी आगे सरकी, अचानक टिकट चेकर ने प्रकट होकर जाँच-पड़ताल शुरू कर दी। उसकी सीट के निकट पहुँचकर उसने भौंहें उछालकर टिकट दिखाने का इशारा किया। उसने टिकट आगे बढ़ा दिया।

"लड़की का?"

"कौन लड़की?"

"यह लड़की आपके साथ नहीं है?"

उसने लड़की की ओर दृष्टि घुमाई—यह तो वही लड़की थी जिसके साथ वह पिछले रास्ते मजे से गप्पें मारती चली आ रही थी, इस भ्रम में कि वह

सामनेवाली थुलथुल महिला यात्री की अपनी बेटी है। उसने स्पष्ट मना कर दिया कि वह लड़की कतई उसके साथ नहीं है।

"मगर यह तो कहती है कि यह आपके साथ है!"

उसने पाया कि गाड़ी की तेज रफ्तार से ऊँघ रही आसपास की मुँदी दृष्टियाँ अचानक चौकन्नी हो उस पर टिक गईं। अच्छा लफड़ा है। मगर अपने को संयत रखकर बोली, "जनाब, मेरा परिचय तो इस लड़की से डिब्बे में ही हुआ है। इसके कहने से क्या होता है! सोचने की बात है, अगर यह मेरे साथ होती तो जब मैं अपना टिकट खरीद सकती हूँ तो इसका नहीं?"

उसका झुँझलाना था कि लड़की आहिस्ता से उसके निकट आ बैठी और सहमे चेहरे से बोली, "प्लीज आंटी, प्लीज! कह दीजिए न कि मैं आपके साथ हूँ...नहीं तो यह मुझे उतार देगा।"

"कैसे कह दूँ! तुम्हारे पास टिकट तो है नहीं।" उसने खीझकर कहा।

प्रत्युत्तर में लड़की ने गरदन झुका ली।

"सफर में क्या कोई तुम्हारे साथ है?"

उसने इनकार में सिर हिलाया।

"तो?"

"आप मेरा मुम्बई तक का टिकट ले लीजिए। स्टेशन पर मुझे लेने मेरे अंकल आएँगे ही। मैं आपके पैसे दिलवा दूँगी।" उसका स्वर रुँध आया।

यह पूछने पर कि उसके साथ हुआ क्या, लड़की ने बताया कि भीड़ में किसी ने उसका बटुआ मार दिया है। बटुए में ही टिकट था, पैसे थे, पता था।

"मुम्बई में किधर रहते हैं अंकल?"

"वरली में।"

"पता क्या है?"

"मालूम नहीं।"

"मान लो, स्टेशन पर तुम्हारे अंकल नहीं पहुँचे तो तुम घर कैसे पहुँच पाओगी?"

"अंकल को बाबू जी ने पहले ही तार कर दिया है।"

"काम कहाँ करते हैं?"

"ग्लैक्सो लेबोरेटरीज में।"

तब तो अंकल का पता लगाना मुश्किल नहीं होगा। वह उधेड़-बुन में पड़ गई कि क्या करे। यात्राएँ अब निरापद नहीं रहीं और यह भी अविश्वास के लायक बात नहीं है कि तकरीबन चौदह-पन्द्रह साल की लड़की गाड़ी में अकेले यात्रा नहीं कर सकती। पिछले दिनों ही अपनी आठ वर्षीय भतीजी को उन्होंने एयर इंडिया के विमान द्वारा अकेले लन्दन भेजा है। भाई-भाभी पहले ही रवाना हो चुके थे।

लड़की देखने-सुनने, पहनावे-उढ़ावे से तो भले घर की प्रतीत हो रही है। अगर वह उसकी मदद नहीं करती और टिकट चेकर उसे शेष यात्रा पूरी नहीं करने देगा तो निश्चय ही स्टेशन पर उसे लिवाने आए अंकल दुश्चिन्ता में पड़ जाएँगे। उधर घरवाले परेशान होंगे सो अलग। क्या फर्क पड़ता है, सत्तर-अस्सी रुपयों में। ज्यादा-से-ज्यादा यही होगा न कि पैसे वापस नहीं मिलेंगे जिसकी सम्भावना कम है। अंकल ग्लैक्सो में काम करते हैं। अच्छी स्थिति में ही होंगे और नहीं भी मिले तो कौन-सा अंटी से हाथी निकल जाएगा। सोच लेगी कि खाने-पीने में खर्च हो गए।

उसने देखा कि लड़की की भयभीत दृष्टि टिकट चेकर की पीठ पर टिकी हुई है। लग रहा है कि पीठ जैसे ही इस ओर मुड़ेगी, उसका दम निकल जाएगा। करुणा उमड़ पड़ी। उसने हौले से उसके कन्धे थपथपाए—"घबराओ नहीं, मैं तुम्हारे टिकट के पैसे भर दूँगी।" लड़की ने पल-भर को उसे अविश्वास से देखा, फिर विभोर होकर उसके कन्धे से अपना सिर सटाकर कृतज्ञता व्यक्त की।

मगर तभी निरपेक्ष खामोशी से उनकी बातचीत सुन रही सामने बैठी थुलथुल महिला एकाएक जैसे नींद से जागी और सयानों-सी सीख देती बोली, "कहाँ फँस रही हैं, बहन जी! आप तो पढ़ी-लिखी हैं। दिमाग लड़ाइए कि इसके माँ-बाप ने अगर इसे अकेला ही भेजना होता तो चालू डिब्बे में बैठा देते छोरी को? साथ खाना-पीना न बाँधते? कपड़ा-लत्ता न देते?"

थुलथुल महिला के दखल देते ही एकाएक वातावरण चैतन्य हो उठा।

"ठीक कह रही हैं।" सामनेवाली सीट पर घुटने-पर-घुटना चढ़ाए बैठी महिला ने उनका समर्थन किया, "अभी आधा घंटे पहले की बात है। मैंने इससे पूछा था कि बेटी, कहाँ से चढ़ी? तो बोली—'दिल्ली से, आंटी।' किसके साथ हो? तो कहने लगी कि बाबूजी मर्दाना डिब्बे में बैठे हैं। अब किस बात का

विश्वास करें?" फिर सहसा सतर्क मुद्रा बनाकर उसकी ओर झुकती हुई कुछ इस अन्दाज में फुसफुसाई की आसपास के सभी लोग सुन लें, "अखबार में पढ़ा ही होगा आपने। पिछले दिनों ललितपुर में जो डकैती पड़ी थी उसमें सबसे पहले एक छोरी ने ही चिरौरी-विनती करके डिब्बे का दरवाजा खुलवाया था। पीछे ग्वालों के वेश में धड़धड़ाते हुए डाकू डिब्बे में घुस आए। क्या पता इसके साथ भी कोई टोली होवे! रात तो अभी पड़ेगी। आप टिकट-विकट के फेर में न पड़ो। टिकट तो हम भी ले के दे देवें मगर इसकी तो गारंटी होवे कि जो बोल रही है, सही बोले। ऊपर से ये जनाना डिब्बा। जनानी नंगी तो रहें नहीं। सभी ने कुछ-न-कुछ पहन-ओढ़ रखा है।"

उसने प्रतिवाद किया, "होने को तो कुछ भी हो सकता है; मगर जान-बूझकर एक बच्ची को मुसीबत में छोड़ देना..."

"और अगर सब मुसीबत में पड़ गए तो?" थुलथुल देह ने नथने फुलाकर भौंहें कपाल पर चढ़ाई।

"पड़ सकते हैं जी, जरूर पड़ सकते हैं।" एक औरत ने अपनी हथेली पर हथेली पटककर शर्त-सी बदी, "हमें टिकट चेकर पर भरोसा करना चाहिए। वह तो मिनटों में अता-पता उगलवाकर इसे इसके माँ-बाप को सुपुर्द कर देगा। कोई ऊँच-नीच मामला होगा, वह भी निबटाएगा। सरकारी जिम्मेदारी है। कोई मजाक है।" फिर लड़की को सन्देह-भरी नजरों से घूरती हुई बोली, "जरा गौर कीजिए। लड़की अच्छे नयन-नक्श की है। हो सकता है, सिनेमा-विनेमा के चक्कर में घर से भागी हो। कहीं माँ-बाप ने आप पर बरगलाने का आरोप ठोंक दिया तो सफाई देते नहीं बनेगी। पुलिस-कचहरी में...परली बहन जी गलत नहीं कह रहीं, बटुआ गुम हो गया, सो माना पर साथ का सामान कहाँ गायब हो गया?"

वे पलांश जैसे साँस लेने को ठहरीं, फिर अपने तर्कों के प्रमाण में 'मनोहर कहानियाँ' का ताजा अंक उसके सामने खोलती हुई बोलीं, "यह देखिए, हू-ब-हू ऐसा ही केस। एक डॉक्टर की खूबसूरत बीवी फिल्मों के चक्कर में भागकर मुम्बई पहुँची। मुम्बई में बाल-बच्चे वाली जिस महिला ने उसे घर में आसरा दिया, उसके पति ने उसी पर जालसाजी का मुकदमा ठोंक दिया। औरत पुलिस की आए दिन होनेवाली पूछताछ और अखबारों में उछले नाम की वजह से पुलिस के नाम एक खत लिखकर, खटमल मारनेवाली दवा पीकर हमेशा के लिए सो गई।"

वह चारों ओर से निरन्तर बढ़ रहे दबाव को झेलती निरस्त हो आई। तर्क अपनी जगह थे। जनमत लड़की को टिकट चेकर को सौंप देने के पक्ष में था। उसे वही करना चाहिए। यह सही है कि जान-बूझकर संकट न्यौतना बुद्धिमानी की बात नहीं होगी—उस लड़की के पीछे जिसके बारे में वह स्वयं भी आश्वस्त नहीं है कि वह वास्तव में सच बोल रही है या झूठ? झंझट में पड़ना फिजूल है। टिकट चेकर पर उसे भी भरोसा करना चाहिए। उसे समय नहीं लगेगा अभिभावकों से सम्पर्क करते।

उसने फौरन दुविधा झटककर अन्तर्द्वन्द्व के कपाट बन्द कर दिए और चेहरे पर सख्त अपरिचित भाव ओढ़कर उस महिला ने पत्रिका में अपने को तल्लीन कर लिया, जिसमें आदिवासी महिलाओं के बीच प्रगति कर रहे साक्षरता अभियान को उसने अपने एक खोजपूर्ण, लम्बे विवेचनात्मक लेख में बड़ी गहराई से रेखांकित किया था।

फातिमा बाई के द्वारा भिजवाया गया लिम्का वह आधा भी नहीं पी पाई। छोटे-छोटे घूँट जैसे दीर्घ असमंजस बनकर उन दोनों के मध्य एक विशाल शून्यवृत्त खींच रहे हैं जिसके एक छोर पर शैला है और दूसरे पर वह। वह शैला को देख नहीं रही किन्तु अनुभूत कर रही है कि वह शिथिल हाथों से अपने अब तक खुले पड़े ब्लाउज के बटन लगा रही है।

केतकी को प्रश्नोत्तरों से जोड़ना मुश्किल न था, मगर शैला के सामने उसकी हतप्रभ वाक्शक्ति संवाद के लिए जैसे मनोबल जुटा रही है। कोशिश कर इतना ही पूछ पाई, "तुमने मुझे पहचान लिया?"

नि:शब्द शैला ने स्वीकृति में सिर हिलाया।

"तो तुम्हारा सम्बन्ध वाकई गलत लोगों के साथ था?"

"नहीं।"

"फिर यहाँ कैसे?"

"आपकी कृपा से।"

"मेरी!" उसने अविश्वास और अचरज से शैला को देखा।

"जी, आप ही की।"

शैला का आहत तिक्त स्वर अनायास भर्रा आया, "आप अगर उस दिन मुझे अपने साथ लिए जातीं तो आज मैं यहाँ हरगिज न दिखाई देती।"

और शैला ने भीगे, करुण स्वर में दिल दहला देनेवाले जिस वीभत्स सत्य का उद्घाटन किया, उसे सुनकर उसका रोम-रोम स्वयं को धिक्कार उठा।

टिकट चेकर ने शैला का केस रेलवे मजिस्ट्रेट के समक्ष विचारार्थ रख दिया था। वह आतंक और भय से मन-ही-मन काँप रही थी। सोच रही थी कि फेल होने पर अपनी माँ की जिस निर्मम पिटाई से खफा होकर वह विरोधस्वरूप घर से भागी थी, जरूर उसे वहीं वापस भेज दिया जाएगा। अब तो उसकी खैर नहीं। चार लड़कियों के बोझ से त्रस्त माँ उसका गला ही घोंट देंगी। बाबूजी दारू पीकर उसे ही नहीं, उसकी खातिर माँ की भी पिटाई करेंगे। वह शौचालय जाने के बहाने महिला पुलिसकर्मी को चकमा देकर भाग ली थी। फिर आगे का घटनाक्रम...

उफ! उसे सुनना भी एक असहनीय यन्त्रणा थी। किस तरह वह गलत लोगों की सहानुभूति का शिकार होकर, काम दिलाए जाने के प्रलोभन में दलालों के शिकंजे में फँस गई। ऐसी ही एक रात उसने अपने को फातिमा बाई के कोठे पर पाया।

फातिमा बाई ने उसे खरीदा था।

अपनी नादानी पर पश्चाताप करते हुए उसने चुपके से माँ-बाबू जी को कई पत्र लिखे कि वे आएँ और पुलिस की सहायता से उसे इस नरक से मुक्त कराएँ। लम्बी प्रतीक्षा के बाद चन्द लाइनें बाबू जी ने लिखकर भेजी थीं कि अब तुम हमारे लिए मामा-मामी के गाँव के तालाब में नहाते हुए अचानक डूबकर मर चुकी हो!

बड़ी मुश्किल से पूछ पाई, "यह बच्चा?"

"जोसफ से पहलेवाले बनिये का है।"

उसके भीतर कुछ चटख रहा है। प्रश्नों के पैने तीर रोम-रोम में विंध रहे हैं—वह शैला को बचा सकती थी...उसे बहला-फुसलाकर अपने विश्वास में ले सकती थी, डिब्बे में मौजूद औरतों की बनिस्बत वह निश्चय ही सुशिक्षित, संवेदन और जागरूक विचारोंवाली थी लेकिन....

आहट पर नजर उठी तो परदा सरकाकर फातिमा बाई को प्रवेश करते देख वह अपने भीतर चौंक पड़ी। वह तो बैठी है, फिर कमरे में कैसे प्रवेश कर रही है?

(1985)

चेहरे

"**साअऽऽऽ...ली** हरामऽऽऽ...पैंट को हाथ क्यों लगाया?" वह एकाएक चिढ़ और गुस्से से बिफरा। तुरन्त उसका एक हाथ अपनी दाहिनी जेब पर चला गया। पर्स का उभार ज्यों-का-त्यों महसूस कर वह गहरे आश्वस्त हुआ।

यही भिखमंगी है, यही। इसी ने उस रोज उसके टखनों को छू-छूकर उसका खड़े रहना मुहाल कर दिया था। पसीजकर नहीं बल्कि ऊबकर उसने निश्चय किया था कि उसे कुछ दे-दिलाकर अपना पिंड छुड़ाए। पर ज्यों ही उसका हाथ अपने पर्स पर गया, जेब में पर्स नदारद पाकर वह घबरा उठा। फटाफट उसने पैंट की अगली, बाईं और पिछली दोनों जेबों सहित बुशर्ट की जेबें भी टटोल डालीं, पर्स नहीं था। घर से तो वह पर्स लेकर चला था! नुक्कड़ पर पान खाया था। चार छुट्टा सिगरेटें खरीदी थीं और पानवाले से आग्रह किया था कि वह रेजगारी दे दे। कंडक्टर आजकल बहुत बदतमीज हो गए हैं। उनके पास दो के नोट की भी रेजगारी नहीं होती। पर्स तो था उसके पास। बस में भी सही-सलामत। बस में भी बहुत पॉकेटमारी हो रही इसलिए हमेशा ही वह अतिरिक्त सावधान रहता है। असावधान हुआ था तो बस उसी क्षण जब वह गिड़गिड़ाती, उसके टखने को हाथ लगाए जा रही थी। यह तो गनीमत हुई कि उसी लम्बी 'क्यू' में कॉलोनी के अवस्थी साहब खड़े हुए थे। उन्हीं से दस रुपये माँग लिए। उसी रोज उसने यह भी निश्चय किया, भले उसे पश्चिम रेलवे से महीने में दो-चार बार ही यात्रा करनी पड़ती है पर अब वह टिकट की लाइन में कतई नहीं लगा करेगा, "ऑल रूट पास" बनवा लेगा। नुकसान उठा आजकल क्यू में खड़ा रहना कतई निरापद नहीं।

परन्तु पास निकालने का निश्चय व्यस्तता में वह भूल-भाल गया। पॉकेट कटने की घटना भी जेहन से उतर गई। आज फिर भिखमंगी के टखने छूते ही वह घटना जेहन में ताजा हो गई। उसे शत-प्रतिशत विश्वास था कि इसी ने उसकी पॉकेट कटवाई थी। इधर टिकटघर पर ये वारदातें दिनोदिन बढ़ती जा रही हैं और निश्चय ही इन वारदातों में भिखारियों का हाथ लगता है।

हाथ फिर टखने को छू गया। उसके गुस्से और गाली का उस पर कोई असर नहीं हुआ। दयनीय गिड़गिड़ाहट भी पूर्ववत थी—"एक चवन्नी-अठन्नी, सा'ब! बच्चे के दूध के वास्ते। सुब्बू से भूखा है, दया करना, सा'ब! आपके बच्चे का लम्बा उमर होना, सा'ब!"

ढिठाई की भी हद है। उसके होंठों पर भद्दी-सी गाली तिलमिलाकर फूटने को हुई कि तभी अचानक किसी ने 'क्यू' के बीच से एक अश्लील फिकरा कसा, "साआऽऽली! ये जो मन-मन-भर के लटकाए घूमती है, इनसे बच्चे का पेट नहीं भरता क्या?"

"भरता है, भरता है। दोनों का ही भरता है।" जवाब भी साथ ही उछला।

कतारबद्ध भीड़ ठहाकों से भर उठी। आसपास की क्यू में खड़े लोग कुछ हँसे, कुछ अबूझ-से चौंके। क्यू में खड़ी युवतियों और औरतों को यह अभद्रता अलबत्ता नागवार गुजरी। एकाध ने व्यस्त भाव से फौरन पत्रिका खोल ली। कुछेक ने टिकटघर के ऊपर लगे सीजन टिकट के सूचनापट्ट पर बेमतलब दृष्टि गड़ा ली। कुछ सतर्क हो अपने आँचल और दुपट्टे सँवारने लगीं। भिखमंगी पर असर बस इतना-भर हुआ कि लसलसे होंठों पर खिसियाई मुस्कराहट लपेट, उसने अपने पोलके के मुसे हुए पल्लों को एक हाथ से नीचे खींच, दूसरे से स्तनों को ऊपर ठेलकर, उघड़ापन ढकने का बेझिझक प्रयास किया। गोदी का बच्चा गोदी में लटक-सा आया।

फिकरे के साथ मजे लेती भीड़ पर वह खुन्नाया। अजीब कूढ़मगज लोग हैं। मजे ले रहे हैं। लो! खुदा न खास्ता अभी कहीं किसी की जेब साफ हो जाए तो फौरन फटने लगेगी। नहीं सोचते कि यह मजा लेने की बात नहीं है, सोचने-समझने की बात है कि आखिर बाढ़ के पानी की तरह ये जो भिखमंगे-भिखमंगियाँ टिकटघरों पर अरराकर टूट पड़े हैं, क्या सिर्फ यात्रियों की दयादृष्टि के पात्र

बनने की खातिर की लौटी रेजगारी में से कोई छोटा-मोटा सिक्का उनके कटोरे में उछाल दें?

अपनी जेब कटने से पहले भी उसने कई दफे टिकटघर पर शिकायत की थी—मुँहजबानी और लिखित दोनों ही। साथ ही एक प्रमुख स्थानीय अखबार में भी पाठकों के पत्रों के अन्तर्गत उसने टिकटघरों पर भिखारियों के बढ़ते उत्पात और यात्रियों की परेशानी को रेखांकित करते हुए एक कड़ा विरोध-पत्र लिखा था जिसमें उसने स्टेशन अधिकारियों की उदासीनता और लापरवाही पर तीखी टिप्पणी की थी कि हम बान्द्रा पूर्व और पश्चिम के यात्रियों का दोनों ओर के टिकटघरों पर इत्मीनान से खड़े रह पाना मुहाल हो गया है। पर सम्बन्धित अधिकारियों के कान पर जूँ तक नहीं रेंगी। उन्होंने टका-सा जवाब थमा दिया कि जब सरकार ही इस समस्या को सुलझाने में विफल रही तो बताइए, हम क्या करें? बनवाए तो गए हैं 'भिक्षुकगृह!' 'भिखारी पकड़ो और पकड़वाओ, मुम्बई शहर को स्वच्छ बनाओ' अभियान के अन्तर्गत हजारों भिखारी लावारिस कुत्तों की भाँति नगरपालिका की वैन में ठूस-ठूसकर 'भिक्षुकगृह' नहीं पहुँचाए गए? मगर कड़ी निगरानी के बावजूद क्या उन्हें बाँधकर रखा जा सका? 'सच तो यह है साहब, हम स्वयं इन लोगों से परेशान हैं।' एक अधिकारी ने डूबे हुए स्वर में हताशा जताई—'रेलवे पुलिस को हमने यह मामला सौंपा हुआ है। महीने-भर पहले की बात है—उनकी कड़ी निगरानी और सख्ती का ही नतीजा था कि हफ्तों तक ये भिखमंगे-भिखमंगियाँ टिकटघर के सामने नहीं फटके। मगर क्या करें, साहब! आखिर पुलिस चौबीस घंटे इन्हें ही तो ताके नहीं बैठी रह सकती! फिर यात्री भी तो हमारे अभियान में सहयोग नहीं देते। पहले तो साहब! उन्हें अपनी भीख देने और इन भिखारियों के माध्यम से अपना परलोक सुरक्षित करने की आदत से निजात पाना होगा। असलियत तो यही है कि यात्रियों ने ही इन्हें स्टेशनों और सड़कों पर परका रखा है। कई दफे तो पुलिस अभियान में भी यात्रियों ने जबरन दखल देकर इनके पक्ष में पुलिस से ही तकरार ठान ली कि एक तो सरकार गरीबी हटा नहीं पा रही, तिस पर इन मुसीबत के मारों और मजबूरों पर जब-तब डंडे बरसाकर उन्हें चैन से बैठने नहीं दे रही। अब बताइए, हम इस समस्या को कैसे सुलझाएँ? हमें आपकी सुविधा-असुविधा का बराबर खयाल है। दरअसल, जब तक आप लोग स्वयं इनसे नहीं निपटेंगे, हम लाख सख्ती बरतें, ये

नहीं माननेवाले। अब आपको क्या बताएँ! टिकटघर के सामने इनसे कम गन्दगी होती है! ओने-कोने पर अपने चीकट, मैले-कुचैले, नंग-धड़ंग बच्चे बैठा देंगी, जो खाना, हगना, मूतना एक साथ निपटाते रहेंगे। और तो और, गाड़ियाँ तो जैसे इनके बाप की मिल्कियत हैं। 'फ्री' पास दे रखा है रेलवे ने इन्हें कि यात्रियों से घूमते-टहलते, डिब्बे-डिब्बे डोलते आराम से भत्ता वसूल करते रहो। क्या बताएँ, कितना नुकसान उठाना पड़ता है! घाटे में ऐसे ही थोड़े चल रही रेलवे...'

वह उनके तर्कों से काफी कुछ सहमत होते हुए भी असहमत हुआ। जैसा कि अधिकारियों का दावा था कि पिछले महीने रेलवे स्टेशनों से भिखारियों को खदेड़ने में उन्होंने काफी सफलता अर्जित की और यात्रियों को उनके उत्पात से राहत दिलाई तो फिर अनुशासन और कड़ाई में कतई ढील नहीं आने देनी चाहिए थी। ढील आई क्यों? भीख माँगना मजबूरी नहीं; न उसका ताल्लुक मात्र पेट भरने और तन ढकने से है। भीख माँगना लोगों का पेशा हो गया है। पेशा इतनी आसानी से नहीं बदला जा सकता। सख्ती करनी होगी, सख्ती। वरना 'भिक्षुकगृह' से भिखारी रातोरात दीवार फाँदकर भागते?

अन्धे, लूले, लँगड़ों की तो लाचारी समझी मगर हट्टी-कट्टी, रिरियाती ये मुस्टंडियाँ, पेट से बाहर करते ही अपने पिल्लुओं को भी पीछे लगा देती हैं। यूँ देखो तो मोहल्ले में बाइयाँ नहीं मिलेंगी भांडी-कटके के वास्ते। सुषमा (पत्नी) पिछले तीन सालों से कामचोर कमली की धौंस बरदाश्त कर रही है। चाहे वह टाइम-बेटाइम आए या जब जी चाहे बीमार पड़ ले या नाते-रिश्तेदारी में किसी को मार डाले...

जेब कटते ही बौखलाया-सा वह स्टेशन इंचार्ज के सामने जा धमका था।

"ये भिखारिनें गैंग लीडर हैं। भीख के लिए सस्पर्श गिड़गिड़ा-गिड़गिड़ाकर ये यात्रियों का ध्यान अपनी ओर आकर्षित कर, उन्हें पूरी तरह असावधान बना देती हैं। और इनके गुर्गे 'क्यू' में यात्रियों की शक्ल में धँसे, मौका पाते ही लोगों की जेब साफ कर देते हैं। यह तो एक पक्ष है—और सुनिए! अधनंगी बैठ-बैठ ये ग्राहक भी फँसाती हैं। चकला बना रखा है टिकटघरों को इन मक्खियों ने। दो-चार

सिपाही टिकटघर के सामने तैनात नहीं कर सकते आप जो इन पर कड़ी निगरानी रखें? बैठना तो दूर, इन्हें घुसने ही न दें? यात्रियों की सुरक्षा की जिम्मेदारी आपकी नहीं?" वह मेज पर पूरी ताकत से मुक्का पटककर चीखा था, "ये टिकटघर हैं या लूट के अड्डे?"

"देखिए, चीखिए मत। जो भी कहना है, उसे शान्ति से भी कह सकते हैं आप।" स्टेशन इंचार्ज के वाक्य में चिढ़ स्पष्ट थी; मगर लहजा संयत और ठंडा।

"मेरी जेब से डेढ़ सौ रुपये 'क्यू' में खड़े-खड़े निकल गए। टिकट तक के लिए कानी-कौड़ी न बची। मामूली बात है?"

स्टेशन इंचार्ज ने उसका वाक्य पूरा नहीं होने दिया, "रिपोर्ट लिखवा दीजिए।"

"उससे क्या होगा?" वह फिर उखड़ा, "ऐसी रिपोर्ट्स तो आपके पास दिन में बीसियों आती रहती हैं। सवाल यह उठता है कि ऐसे असामाजिक तत्त्वों के विरुद्ध आपने कार्रवाई क्या की? शो मी! क्या किया है आपने सिवाय बातें बघारने के?"

"आप पहले अपना 'टोन' सँभालिए।"

"आप मेरी बात का जवाब दीजिए।"

"इस तरह बातचीत नहीं हो सकती।"

"किस तरह हो सकती है?" उसकी मुद्रा आक्रामक हो आई। पर दूसरे ही क्षण उसने अपने को संयत-सतर्क किया। यह सरकारी महकमा है। उसका रत्ती-भर असंयत आचरण मुसीबत खड़ी कर सकता है। दफ्तर में बैठा हुआ यह घोड़मुखा बाबू इस वक्त बब्बर शेर है और अपनी माँद में इसका पव्वा भारी है।

"जस्ट लिसन! जब आपको पता है कि मात्र हमारा स्टेशन ही नहीं, पूरा मुम्बई 'पिक पॉकेटिंग' से त्रस्त है तो आप क्यू में असावधानी से खड़े ही क्यों होते हैं? ओ.के., माना कि यात्रियों की सुविधा और सुरक्षा का दायित्व हमारा है पर इसका यह मतलब तो नहीं कि आप आराम से बंशी बजाते रहिए और हमसे अपेक्षा करते रहिए कि हम हर क्षण आपका साया बनकर आपकी निगरानी करते रहें? जब आप अकेले अपनी सुरक्षा नहीं कर पाते तो हमारी जिम्मेदारी तो बहुत बड़ी है। हजारों-लाखों यात्रियों की सुरक्षा का भार हम पर है। त्रुटि रह

जाना स्वाभाविक है। आप स्थिति की गम्भीरता समझने की कोशिश नहीं कर रहे हैं, उलटा...'

"ठीक है, ठीक है, हमें आप समझदारी और सहिष्णुता की घुट्टी पिलाइए। अभी किसी विधानसभाई या म्युनिसिपल कॉर्पोरेटर को चूना लग गया होता न, तो आप जमीन-आसमान की कुलाँचें भरते नजर आते।"

"आप साहब, हमें उलाँघ रहे।"

"क्या हुआ, भाई? अरे, भई पॉकेट कट गई किसी की! ये पॉकेट जिन्न हैं, जिन्न! हरामखोरों ने जीना मुहाल कर रखा। ढूँढो साले को।" अचानक पीछे की 'क्यू' प्रश्नों के बगूलों के साथ कसमसाई।

वह अपनी एकाग्रता से टूटकर सजग हुआ। क्यू से थोड़ा बाहर आकर, पीछे मुड़कर देखा। पीछे की क्यू अपने अग्रभाग से कटकर भीड़ में परिवर्तित हो उठी थी। मामला समझ गया। बड़े हँसी-ठट्ठे हो रहे थे। अब वातावरण उत्सुकता, उत्तेजना और बौखलाहट से बदहवास हो रहा था। अगल-बगल की 'क्यू' में से भी लोग धसकने लगे। कोई एक भिखमंगा बच्चा था—आठ-नौ साल का। माँ वृद्ध सज्जन के पीछे पड़ गई कि वह कुछ-न-कुछ जरूर दे उसे। तीन दिन की भूखी है। वृद्ध सज्जन उसे सुना-अनसुना करने लगे। तभी वह बच्चा उनको धकियाता-सा बीच से निकलकर परली ओर भागा जैसे अचानक उसे कोई जरूरी काम याद आया हो और उसे तुरन्त वहाँ पहुँचना हो। किसी ने उसकी इस हरकत को विशेष नहीं लिया। माँ तब तक आगे बढ़ चुकी थी कि एकाएक वृद्ध सज्जन का परलोक उमड़ा। उन्होंने इशारे से उसे वापस बुलाया और कुरते की जेब में हाथ डाला; पर पर्स जेब से नदारद था!

"वही, उसी छोकरे की कारस्तानी है। जबरजस्त धक्का मारते गया और मेरा पर्स..." वृद्ध सज्जन बोलते हुए हकलाते-से लगभग रुआँसे हो आए।

"यही माँ है उसकी, इसको पकड़ो! इसे पक्का मालूम होगा कि वह कहाँ होगा।"

भीड़ ने माँ को घेर लिया। वह भय से थर-थर काँपने लगी। इनकार करने लगी कि उस छोकरे से उसका कोई रिश्ता नहीं। वह तो जानती भी नहीं उसको और अगर अपने बच्चों को ऐसी हराम की ही कमाई खिलानी होती उसे तो भला

वह दिन-दिन-भर खड़े-बैठे उनकी दया-दृष्टि को रिरियाती? फिर उसके बच्चे तो घर पर हैं माई-बाप। उसे समझने की कोशिश करें। उस दुखियारी पर रहम करें। उसके बच्चों की सौगन्ध...आई ची (माँ की) सौगन्ध, बापा ची सौगन्ध उसे कुछ भी नहीं पता। उसे छोड़ दिया जाए।

"नहीं, हरगिज नहीं। लगाओ चूतड़ों पर। हरामजादी अभी भकुर देगी! इसी के आगे-पीछे रोज चिपटा दिखता है छोकरा! बन रही है अब।"

"यार, औरत है। क्यों उलझे हो गरीब भिखारिन से? छोड़ो।" किसी ने तरफदारी की।

वह अब अपने-आपको तटस्थ नहीं रख पाया। भूल ही गया कि उसे मर्चेंट चैम्बर ग्यारह बजे पहुँचना है। देखा जाएगा, मौका अच्छा है—वारदात भी है, भीड़ भी है, भीड़ में आक्रोश भी है, उत्तेजना भी है, प्रतिशोध भी है। इस वक्त अगर वह छोकरा हत्थे चढ़ जाए तो इतने हाथ और पाँव पड़ेंगे साले के ऊपर कि...चलो, छोकरा न सही, छोकरे की माँ सही। सारे फसाद की जड़ तो यही भिखमंगियाँ हैं। इन्हीं से निपटा जाए। इन्हीं से निपटना होगा। इन्हें खदेड़ना होगा। भीड़ भी है, जागी हुई भीड़, भीड़ जो बड़ी मजमेबाजी, चक्करबाजी, नारेबाजी, भाषणबाजी, झंडेबाजी, दुर्घटनाबाजी, आन्दोलनबाजी, हड़तालबाजी से पैदा होती है। और जब पैदा हो जाती है तो कुछ कर गुजरने के हौसले से अगर उसे पूर दिया जाए तो अपनी लड़ाई स्वयं लड़ जाती है...नतीजे भी अपने हक में होते हैं।

वह फुरती से टिकटघर के भीतर घुसा और किसी चपरासी का स्टूल खींच, ठीक भीड़ के आगे दहाड़ता हुआ, चढ़कर खड़ा हो गया। उसकी मुट्ठियाँ ऊँची छत की सीध में तन गईं, तनी हुई नसों के साथ!

"भाइयो! मैं पूरे यकीन के साथ कह सकता हूँ कि वह जेबकतरा बच्चा कोई गैर-बच्चा नहीं बल्कि इसी भिखमंगी का बच्चा है। और इनका धन्धा वस्तुत: भीख माँगना नहीं, आप लोगों की गाढ़ी कमाई को उड़न-छू करना है। आप इत्मीनान और सुरक्षा से टिकटघर के सामने खड़े नहीं रह सकते। हम कुछेक यात्रियों ने रेलवे अधिकारियों के समक्ष इन कथित समस्याओं को बार-बार उठाया है। लिखित और मौखिक दोनों ही रूपों में अपनी आपत्ति प्रदर्शित की है कि हम सब यात्री भिखमंगियों और भिखमंगों के उत्पात से गले तक त्रस्त हैं...कि ये भिखमंगियाँ, ये जवान भिखमंगियाँ अधनंगी बैठकर यात्रियों का मनोबल ही नहीं

डिगातीं बल्कि धन्धे के लिए ग्राहक भी जुटाती हैं। जेबकटी भी इन्हीं के इशारों पर धड़ल्ले से चल रही। ये घिनौनी हरकतें हमारे स्टेशनों के नाम पर कलंक हैं। क्या हम यात्रियों का कोई नैतिक कर्तव्य नहीं है कि हम अपने स्टेशनों को व्यभिचार और गुंडई का अड्डा न बनने दें? सच तो यह है कि इन असामाजिक तत्त्वों के खिलाफ रेलवे प्रशासन द्वारा अब तक की गई कारवाई कतई सन्तोषजनक नहीं है। उलटा अधिकारियों का तर्क है कि इन बुराइयों को जब यात्री प्रश्रय देते हैं तो हम कैसे और किस तरह सुलझाएँ! तो भाइयो! हमें इस समस्या से स्वयं निपटना चाहिए। आइए, मेरे साथ सहयोग कीजिए। हम अभी, इसी वक्त इन माऽऽऽ... भिखमंगियों और भिखमंगों को निकाल फेंकेंगे। और इस भिखमंगी को तो पुलिस के हवाले करके ही छोड़ेंगे। यह ऐसे नहीं कबूलेगी। मिरचें भरी जाएँगी तो फौरन कबूलेगी। आइए, अपनी सुरक्षा की खातिर हम इन्हें बाहर खदेड़ दें..."

सकताई खड़ी भीड़ पर उसकी ललकार का आशातीत असर हुआ। टिकटघर के सामने जैसे भूचाल आ गया। यात्री भिखारियों पर टूट पड़े और उन्हें घसीट-घसीटकर सड़क पर ले जाने लगे। उनके बासन, मैली-कुचैली चादरें बाहर फेंक दिए गए। उनके बच्चे सहमे-रोते-चीखते-बिलबिलाते बाहर भागे।

"स्टेशन इंचार्ज मुरदाबाद,' 'रेलवे पुलिस मुरदाबाद' के नारों से टिकटघर हिल उठा। प्लेटफॉर्म से बाहर निकलते हुए यात्री जहाँ-के-तहाँ अबूझ-से ठिठके खड़े रह गए। क्रुद्ध भीड़ के आतंक से भयभीत टिकट खिड़कियाँ खटाखट बन्द कर दी गईं कि कहीं तोड़-फोड़ न शुरू हो जाए। खिड़कियाँ बन्द होते ही तत्काल रेलवे पुलिस जत्थों में प्रकट हो गई। कहाँ तो कुछ देर पहले इक्का-दुक्का सिपाही भी दृष्टिगत नहीं हो रहा था। सिपाहियों ने सबसे पहले उस भिखमंगी को पकड़ा। फिर यात्रियों से विनम्र निवेदन करने लगे कि वे कृपया शान्त हो जाएँ और शान्ति से काम लें। वे स्वयं उन्हें हटाने का कार्य करेंगे। और आइन्दा उन्हें यहाँ फटकने नहीं दिया जाएगा।

"नहीं..." उसने मुट्ठियाँ दृढ़ता से तानीं और अपनी आवाज को नारा बनाया—"हम अब आपके झाँसे में नहीं आएँगे। कोरे आश्वासनों से शान्ति और व्यवस्था नहीं बनी रह सकती। यह टिकटघर है या गुंडई का अड्डा? ये मुस्टंडियाँ मजदूरी कर सकती हैं, घरों में बरतन घिस सकती हैं मगर पोलकों के बटन तोड़, भीख माँगने बैठ जाती हैं और हम पर जेबकतरे कुत्ते छोड़ देती

हैं। यह सभ्य नागरिकों के खड़े रहने की जगह रह गई है? अब तक आप सो रहे थे?"

अचानक उसकी नजर सातवीं खिड़की से लगे खम्बे पर टिक गई। वही भिखमंगी जो कुछ देर पहले उसकी पैंट को हाथ लगा-लगाकर भीख के लिए गिड़गिड़ा रही थी और उसके पूर्व अनुभव के मुताबिक उसकी जेब कटने में भी जिसका निश्चित हाथ था, लोगों के खींचने, चेतावनी देने और धमकाने के बावजूद अपनी जगह से टस-से-मस नहीं हो रही थी—बच्चे को सीने से चाँपे।

"हराम..." वह दाँत पीसता उसकी ओर लपका और उसकी बाँह दबोच उसे बाहर की ओर घसीटने लगा। वह एक बाँह से अपना बच्चा भींचे गन्दी, फूहड़ गालियाँ बरसाती उसे सरापे जा रही थी। एकाएक पता नहीं उसमें कहाँ की ताकत आ गई कि उसने उसकी पकड़ से अपने-आपको ऐंठा और सर्र से मुक्त हो वापस दौड़कर उसी खम्भे से चिपक गई। और उसे ही नहीं, पूरी भीड़ को चुनौती देती हुई गरजी, "तेरी माँ...दम है तो लगा हाथ! बुला बड़े बाबू को! बुला...उखाड़ उसकी! देखती हूँ, कौन हिलाता है मेरे को! मैं हर रोज बैठूँगी अऊर इदरीच बैठूँगी...ए जागा मेरी।"

पल-भर को तो वह क्या, समूची भीड़ के कान लाल हो गए। औरत के मुँह से ऐसी फुरि-फुरि गालियाँ? इतनी हिम्मत इस दो टके की औरत की? उसने तर्राकर पुन: उसकी बाँह धर ली—"बैठूँगी...कैसे बैठेगी?"

"बैठूँगी-बैठूँगी! तेरे बाप की जागा है! ऐं?"

"तेरी तो..." वह दाँत पीसता हुआ उसे बाहर की ओर धकियाने लगा।

तभी पीछे से चार सिपाहियों ने उसे लगभग घेरने की कोशिश की, "सा'ब! आप क्यों उलझ रहे हैं इस बदजात से? हम निपटते हैं न। आइन्दा से इसकी परछाईं भी आसपास नहीं फटकेगी। अब छोड़ दीजिए।"

"दिखाई देगी मैं, दिखाई देगी...इदरीच बैठेगी...ये जागा मेरी है और काय को नईं बैठेगी। वो जो बड़े बाबू बैइठते आत मध्ये (भीतर) हफ्ता लेते मेरे से, हफ्ता! और ये भड़ुए! (उसने सिपाहियों को दुत्कारा) कैसा पकड़ेंगे मेरे को, रात यारड में ले जा के..."

सिपाहियों ने उसे दबोच लिया।

वह अपनी जगह पर भौंचक जड़ हो आया। क्रुद्ध भीड़ की उत्तेजना स्तब्ध हो उठी।

सिपाही उसे डंडे से हनकते, धकियाते, 'कमीनी, कुतिया' गरियाते सड़क की ओर घसीट ले गए। उसने स्पष्ट देखा, मूँछवाले हड़ियल सिपाही ने भद्दी-सी गाली के साथ डंडे की नोक उसकी अधउघड़ी छाती में चुभो दी।

भीड़ के अवाक, निष्क्रिय होते ही टिकटघर की खिड़कियाँ फटाफट खुल गईं। भीड़ जैसे एकाएक सम्मोहनमुक्त हुई और भसभसाकर टिकटघर पर टूट पड़ी—'क्यू' में अपना नम्बर आगे-से-आगे रख पाने के प्रयास में धकियाती-मुकियाती। कितनी बेअसर! अपने में बन्द! अपने तक! यह वही भीड़ है? उसका मन हुआ कि कहीं से उसके हाथों में ढेलों का ढेर पड़ जाए तो वह टिकटघर की खिड़कियाँ तोड़ दे, भीतर दुबके बैठे अधिकारियों के खोपड़े फोड़ दे। मगर सच्चाई अकेले उसी ने तो नहीं सुनी! फिर, जागी हुई भीड़ का उबाल सच्चाई और नैतिकता के प्रति कैसे नपुंसक हो उठा?

मगर वह नहीं छोड़ेगा। सुरक्षा की लड़ाई उनसे पहले इनसे लड़नी होगी... ये जो खिड़कियों के भीतर दुबके बैठे हैं।

वह तमतमाया-सा उसी टिकट खिड़की के पास पहुँचा (चूँकि दरवाजे बन्द थे) कि वह बड़े बाबू को चुनौती देगा कि वे बाहर निकलकर आएँ पर यह क्या! उसकी आँखों को दृष्टि-भ्रम हो रहा है या उसने पलकें पटपटाईं, आँखें मिचमिचाईं और पुन: गहरी दृष्टि से भीतर झाँका—उसे समूची भीड़ खिड़की के भीतर, मेजों पर झुकी हुई बैठी नजर आई।

(1989)

ब्लेड

सिग्नल पर गाड़ी रोकी तो स्टियरिंग पर जमे हाथ अनायास कुछ और कस गए जैसे मन में घुमड़ती बात कहने के लिए उसका शीतल, चिपचिपा स्पर्श किसी के साथ होने जैसी अनुभूति से धैर्य बँधाए रखेगा। उस स्पर्शानुभूति से सहमा शक्ति-संचार-सा हुआ भी; लेकिन बात थी कि सकुचाए होंठों में फड़फड़ाने के बावजूद शब्दों का जामा नहीं ओढ़ पाई। लो, बत्ती भी हरी हो गई! मुट्ठियों के कसाव ने ढीले पड़कर, फुरती से लपककर गियर बदला, गाड़ी फर्राटे भरने लगी।

ये बेहूदगी है! अभी कहने का साहस नहीं जुटा पाएगा तो निश्चित ही साहब के साथ एकान्त मिलना मुश्किल है। आखिर जो कुछ कहना है, उसे कह देने में इतना क्यों सकुचा रहा है? साहब साहब हैं, कोई शेर, चीता, भालू नहीं कि उसकी बात अगर उन्हें नागवार गुजरी तो पिछली सीट से छलाँग लगा उस पर झपट पड़ेंगे और चलती गाड़ी से बाहर धकेल देंगे। फिर वह उनका नौकर है, वे मालिक हैं, अपनी आपदा-विपदा का रोना वह किसी और से जाकर तो नहीं रो सकता।

"इसकी तो माँ की..." सहसा वह उत्तेजित होकर झल्लाया। ब्रेक लगाते-लगाते गाड़ी बाल-बाल बच गई। बिना सिग्नल दिए अचानक दाहिनी ओर से एक मारुति आगे से रास्ता काटती बाईं तरफ सर्र से मुड़ गई। बड़े धैर्य और तत्काल कुशलता से उसने गाड़ी काटी, वरना...ये साहब लोग भी अजीब जीव हैं। ठीक से गियर लगाना भी नहीं सीख पाते कि गाड़ी लेकर निकल पड़ते हैं दूसरों की गरदन रेतने। गलतियाँ इन्हीं से होती हैं। दुर्भाग्य से अगर कोई दुर्घटना घट जाती है तो सीधे दोष मढ़ देते हैं स्कूटर-टैक्सीवालों पर। अब ये अपने गिरेबान में तो

झाँकने से रहे कि घर में गाड़ी सीख लेने से और पैसे खिला-पिलाकर लाइसेंस बनवा लेने से सड़क के पिशाची कायदे-कानून भेजे में नहीं बैठते। वे तो तभी बैठते हैं जब बाकायदा ड्राइविंग स्कूल में भरती होकर, ट्रेनर के पसीने से गन्धाते कपड़ों से उबकाते हुए, सड़क के दाँव-पेंच भाँजो।

धुत्त साआला! कहाँ भटमारी करने लगा! अपनी गाड़ी काट ले गया, समझ लो, किला फतह! फिजूल की बातों में समय नहीं गँवाना चाहिए। चिट्ठी उसकी जेब में है। और जेब में दुबकी चिट्ठी जेब में नहीं बल्कि किसी राक्षस के मायावी पिंजरे में कैद चिड़िया की शक्ल में छटपटाती राजकुमारी चन्द्रावल के प्राणों की तरह प्रतीत हो रही है। चिड़िया की मुक्ति ही राजकुमारी के पुनर्जीवन प्राप्त करने का एकमात्र उपाय है...उसकी बिटिया घुघुनू...राजकुमारी चन्द्रावल! कड़वे तेल से तर, भूरे घुँघराले बालों में उलझा हुआ गन्दुमी गोल चेहरा, दिप-दिप करती गोल चमकीली आँखें, मिन-मिन करती हुई लड़ियाई बोली—"बापू-बापू, जे दिल्ली तें हमऊँ मैक्सी लेंगे। अबकी हमाए लएँ लेत आइयो।"

स्टियरिंग पर घूम रही उसकी उँगलियाँ अकुलाई वेदना की छटपटाहट से ठंडी बेजान-सी हो रही हैं। पड़ोसी गाँव का नत्थू मल्लाह आज अचानक खोजते-खोजते उससे मिलने साहब के दफ्तर पहुँचा तो बिना किसी पूर्व-सूचना के उसे अपने सामने पा वह उछाह से गले लग गया। लेकिन प्रत्युत्तर में नत्थू का उत्साहहीन चेहरा देख मन आशंका से काँप उठा—"सब ठीक-ठाक तो है?"

"किस्मत अच्छी हती तो पिरान बचि गए मौड़ी के वरना जीप ने तौ काऊ कसर न छोड़ी।"

सुनकर वह अधीर हो बौखलाया, "मौड़ी? कौन की मौड़ी?"

"तुमाई...तुमाई घुघुनू!" नत्थू ने कुरते की जेब से एक चिट्ठी निकालकर आहिस्ता से उसकी ओर बढ़ा दी—"जे बऊ ने भिजवाई है।" फिर आत्मीयता से उसके कन्धे दबाकर सहलाते स्वर में बोला, "धीरज खोयबे से कछु बन्तु नाहीं।"

विगलित सावित्री ने आकस्मिक आघात की मानसिक पीड़ा को उस पर प्रकट न करते हुए धैर्य से लिखवाया था—'मौड़ी की बाईं टाँग की हड्डी टूटि गई है, जे गाँव के बिसेसर डॉक्टर को कहनौ है कि इलाज उनके वश का नाय... मालिश-मूलिश से हड्डी नईं बैठने वारी। सही इलाज तो आगरा में ही होई सकतु

है। बिसेसर डॉक्टर ने जिला अस्पताल के हड्डी के बड़े डॉक्टर के नाम मोको चिट्ठी दई है। बाको कहनौ है कि टाँग पै जाँच-फाँच के बाद पलस्तर चढ़ेगो सो प्रीवेट करवाने से इलाज अच्छो होइगो। अब खर्च-पानी जो लगेगो सो लगेगो, पर मौड़ी की जिन्दगी बेदाग रहि जाएगी...जमानौ तो जानतई हो, साबुत हाड़-गोड़ वारी केई डोले उठने मुस्किल हैं, जो लूली-लँगड़ी बनी रही तो कौन छप्पर-टप्पर देइगो?

'घर की हालत तुमसे छिपी नाय, माँग-जाँच के आगरा जाए रहे हैं, पर वा से पार नईं लगन बारो, सो जितनी जल्दी भेज सको, भदावरी बारी सरला मौसी के पते पर आगराई मनीआर्डर भिजवाय देउ...तुम आवते तो हिम्मत बढ़ती, पर कहूँ तो किस मो से कहूँ। नई नौकरी में छुट्टी लेनो ठीक नाय...जे पीर से हाय-हाय करती लल्ली सगरे दिन 'बापू-बापू' टेरती रैति है। सब बटेसुर बाबा के भरोसे है, बस तुम तुरत-फुरत रुपया तार की मार्फित भिजवाय देउ।'

"तुम्हारा ध्यान किधर है, रामखिलावन? सामने सिग्नल नहीं देख रहे? धड़धड़ाते बढ़ते चले जा रहे हो।"

"खच्च!" ब्रेक पर सहसा पाँव का दबाव जड़ हो गया। पूरी गाड़ी झटके से झकझोला खा गई।

"गाड़ी पीछे लो...थोड़ा और पीछे...गनीमत समझो कि पुलिसवाले की निगाह नहीं पड़ी वरना फौरन चालान ठोंक देता।" झल्लाए हुए साहब उस पर बिगड़ पड़े। फिर कटाक्ष के थप्पड़ जड़ते हुए बड़बड़ाने लगे, "तुम्हें क्या फर्क पड़ता है! जुर्माना जाएगा तो मेरी जेब से जाएगा। तुम्हारा लाइसेंस ले लेगा, तब भी खीसा मैं ही ढीला करूँ। तुम तो खींसें निपोर दोगे...गलती हो गई, साहब! बस्स।"

उत्तर में वह खामोश बैठा रहा। जवाब ही क्या है? जवाब तो है कि इस वक्त, चाहे बत्ती हरी हो या लाल, उसका वश चले तो वह सारे कायदे-कानून ताक पर रख गाड़ी बाईपास पर मोड़ सीधा आगरा फुर्र हो जाए, जिला अस्पताल के हड्डियोंवाले डॉक्टर के पास। और साहब हैं कि एक मामूली-सी असावधानी पर उसे जली-कटी सुनाए जा रहे हैं। साहब के प्रति मन वितृष्णा से भर उठा। यही होता है उसके साथ। जब भी कलेजे में असहायता का अन्धड़ उखाड़-पछाड़ कर रहा होता है, बाहर की हवा भी रंग बदल लेती है। उसके घावों की

पपड़ियाँ खरोंच-खरोंचकर खिल्ली उड़ाने लगती हैं। क्यों नहीं साहब एक पल के लिए भी अपने मालिकाना खोल से बाहर आकर समझना-बूझना चाहते कि क्या बात है, रामखिलावन! ऐसी गलती तुझसे होती तो नहीं है, फिर आज कैसे तुम्हारी चौकस नजर चूक रही है? कितना कुछ सही हो जाता बस इतने-भर से। पीड़ा से डबडबाया अस्थिर मन सैकड़ों कन्धों का आसरा पा लेता। होंठों पर लगी संकोच की साँकल खोल देता—साहब, मेरी घुघुनू...बटेसुर बाबा की मानता से वरदान मिली एकमात्र जीवित तीसरी सन्तान...अब उसका जीवन आपके आसरे है। एक बार एडवान्स और दे दीजिए, साहब! रुपयों की सख्त जरूरत है, साहब...

होंठों पर बरबस कुछ खुलने-खुलने को हुआ—"साहब!"

"बोलो!" प्रत्युत्तर में एक रूखी गुर्राहट उसकी ओर उछली और एकबारगी पूरी हिम्मत निचोड़ ले गई। घबराहट में मुँह से कुछ और ही निकल गया, "ब्रेक ऑयल डलवाना पड़ेगा, साहब! ब्रेक पैडल जाम-सा हो रहा है।"

"गैरेज चले जाना कल सुबह और जमाल से जरा चेक करवा लेना। ऐसा होना तो नहीं चाहिए। अभी पिछले महीने ही सारे ऑयल बदलवाए हैं।"

"जी...जी अच्छा।"

'जी' के साथ ही पुन: मुँह पर सील लग गई। स्वयं पर खीझ हो आई। क्यों मौका गँवाकर बात बदल दी? पैसे माँगने ही तो जा रहा था, कोई डाका डालने नहीं। साहब के अलावा भला इस परदेश में और कौन-सा ठौर-ठिकाना है जिससे धेले-भर की भी उम्मीद करे कि साहब से नहीं भी कहा तो सुगनू कहार से बन्दोबस्त हो जाएगा या रामेसर साहू से। किस्मत की मार देखो कि सुगनू की फैक्टरी डेढ़ महीने से बन्द पड़ी है और रामेसर की झुपड़िया को मुनसीपेलिटी के बुलडोजर लील गए। उसके तो खुद ही सिर छिपाने के लाले पड़े हुए हैं। बेचारा परसों ही तो भागा-बागा उससे मिलने साहब के दफ्तर पहुँचा था कि हम एक ही गाँव-जवार के हैं। उसकी बड़ी कृपा होगी, अगर वह अपने गैरेज में कुछ दिनों के लिए उसका झोरा-डेरा रख ले। उसने साहब से पूछे बिना ही लाचारी जाहिर कर दी थी कि ऐसा हरगिज सम्भव नहीं है। पूछना फिजूल है। साहब ख्वाहमख्वाह भन्ना और जाएँगे। उसे खटिया डालने की जगह दे दी है, यही क्या कम है। उसके चलते गाड़ी रात-भर धूल-ओस चाटती, चोरी-चमारी का अन्देशा झेलती बाहर

खड़ी रहती है। यह एहसास मेम सा'ब उसे गाहे-बगाहे टिकाती रहती हैं। वह पूछने की हिम्मत करे भी तो कैसे? कहीं उसे ही जवाब मिल गया तो!

अपनी समझ से वो सब तो ठीक ही किया पर अनायास खिसियाहट-भरा गुस्सा उस पर न मालूम क्यों तारी होने लगा...यह बैठे-बिठाए सड़क पर हुड़दंग करने क्यों निकल गई मतिमारी। जानती नहीं कि जीप, ठेला, ट्रैक्टर, बसें जब-तब सड़क पर गुजरते रहते हैं, फिर सड़क भी कोई खेल का मैदान है! खेलने की जगह कम है घर के दरवाजे? और जब गई ही तो आगा-पीछा नहीं देखना चाहिए था। वह भी गाड़ी चलाता है। जानता है कि ऐसे मामलों में ड्राइवर की गलती राई-रत्ती नहीं होती। सड़क पर फँसे हकबकाए बच्चे इधर-उधर होते-न होते सहसा सामने आ भिड़ते हैं। फिर प्रानोपन उपाय कर डालो पर बचने-बचाने की सारी कोशिश अकारथ। खैर, छोड़ो, वह तो नादान-नासमझ मिट्टी का लोंदा है। बालबुद्धि अपना कुशल-अमंगल क्या सोचे? सोचना और निगाह रखना तो सावित्री का काम है। ऐसा क्या ईंट-गारा ढोती रहती है जगधरी कि अपनी इकलौती औलाद पर भी नजर नहीं रख सकती? उसे सड़क पर खेलने जाने ही क्यों दिया? अब भोगो करमन को। यह तो सोलह आने कड़हिया में हाथ देनेवाली बात हुई न!

और, साहब के सामने जुबान तालू से चिपकी बैठी है तो इसीलिए न कि उनके एडवान्स पहले क्या कम ले चुका है। चिट्ठी कोई आज पहली बार तो आई नहीं। हर बार पैसे देते हुए साहब फुन्नाए हैं कि अगले महीने की तनख्वाह से वे पूरा एडवान्स काट लेंगे। उनके घर कोई बैंक तो खुला नहीं है। उन्हें तो उसे पैसे अपनी पैंट से ढीले करने पड़ते हैं। लेकिन जैसे ही तनख्वाह का दिन सामने होता है, वह मुँह पर मुरदनी पोत, गरदन छाती से गड़ाए, दीनतापूर्वक अपनी विपदाओं का रोना रोने लगता है और उनसे चिरौरी करने लगता है कि इस महीने वे उस पर रहम खाएँ। आते महीने पैसे कटवाने में जो वो छद्दाम-भर भी चूँ-चाँ करे तो शर्तिया अपना मूत पिए...

साहब के सामने वह अपने अभावों के पैबन्द उघाड़े तो आखिर कहाँ-कहाँ की सीवन तोड़े। घर में नकदी कमानेवाला अकेला वह। ऊसर-बंजर मिलाकर कुल जमा पाँच बिगहा खेत, तिस पर खानेवाले बड़े भैया और उनकी पहली-दूसरी छाती पर सिल-सी धरी मझली राँड़ भौजी और उनके अभागे तीन मौड़ा-

मौड़ी, खटिया पोंकती अम्मा और घुघुनू समेत अपनी जगधरी। कम खटराग है उसके जी को।

लो, बस अगले मोड़ से गाड़ी मोड़नी है। यही कोई आठ-दस फर्लांग नाक की सीध चलकर दाहिने मुड़ते ही वे अपनी कॉलोनी में होंगे और दो इमारत छोड़कर ठीक घर के नीचे।

सामने लगे शीशे से पीछे आती गाड़ियों को टोहने के बहाने उसने कनखियों से साहब को भाँपने की कोशिश की। साहब कुछ ढीले-ढीले-से लगने के बावजूद मूड में नजर आए। पता नहीं क्यों, साहब की इस भाव-भंगिमा से उसके विचलित हुड़के मन को कुछ राहत-सी महसूस हुई।

बैग आहिस्ता से साहब की मेज पर सरकाकर वह क्षणांश दुविधा झेलता, अपने से जूझता खड़ा रहा। साहब दरवाजे के पीछे लगी खूँटी से गाउन उतारकर बाँहों में डाल रहे थे। उसे कुछ कहने के लिए उद्यत देख वे प्रश्नवाचक मुद्रा में उसके सामने हो गए। उनके कमरे में वह कभी ठहरता जो नहीं।

उसके संकोच को उन्होंने स्वयं आगे बढ़कर झेल लिया, "कुछ कहना चाहते हो, रामखिलावन?"

"जी!"

"बोलो।"

स्वर की आत्मीय मुलायमियत से उसका तितर-बितर आत्मबल सहसा बटुर आया। वह साहस कर बोल पड़ा, "कुछ एडवान्स चाहिए, साहब।"

क्षण-भर पहले के हिम्मत बँधाते चेहरे ने पलक झपकते रंग बदल लिया, "एडवान्स! भई, तुम भी हद करते हो। मुश्किल से तुम्हें चार-पाँच महीने हुए हैं काम करते। तनख्वाह के अलावा चार सौ रुपये एडवान्स ले चुके हो। ये समझाओ कि किस मुँह से हिम्मत पड़ती है फिर से एडवान्स माँगने की?"

उसे अपनी साँस अपने कानों में बजती महसूस हुई। एक तिलमिलाहट सिर से पाँव तक चिलकी...चाकरी चौबीसों घंटे आपकी बजाता हूँ। आपद-विपद पड़े तो किसकी देहरी उगाहूँ? चच्च, क्या गजब कर रहे हो तुम! यह मौका है

तेहा दिखाने का, रामखिलावन? उसने आवेश झटककर स्वयं अपने को फटकार लगाई। फिर स्वर को भरसक विनीत बनाकर, लगभग साहब के गोड़ गिरता-सा, अपना घाव खोलकर बैठा—"हिम्मत नहीं हो रही, साहब, पर एक बार और मदद कर दें। मेरी बिटिया की टाँग टूट गई। डॉक्टर कहते हैं, प्लास्टर चढ़ेगा, प्लास्टर चढ़े बिना हड्डी नहीं बैठने की। लड़की की जात, ऐब ने देह पकड़ ली तो पूरा जीवन सराप..."

"टाँग टूट गई?" क्षण-भर पहले के साहब के भिन्नाए चेहरे पर अनायास करुणा-मिश्रित जिज्ञासा उतर आई। लगा कि वे उसके साथ हुए भाग्य के उपहास से मर्माहत हो उठे हैं।

अपने दुःख का उनके मन पर अपेक्षित प्रभाव पड़ता देख उसका साहस बढ़ा। बेझिझक उसने अपने मन का अन्तर्द्वन्द्व साहब पर प्रकट कर दिया, "फौरन बुलाया है...छुट्टी करूँ तो कैसे करूँ? इधर आपके दफ्तर का सम्मेलन भी होनेवाला है...फिर पलस्तर तो डॉक्टर ही चढ़ाएगा। जा के क्या कर लूँगा! बस पैसों का इन्तजाम..."

उसकी बात पूरी भी नहीं हो पाई थी कि क्षण-भर पहले बँधी आशा तपते तवे पर पड़ी पानी की बूँद-सी छन्न हो गई। साहब के चेहरे पर लबलबाती करुणा कटाक्ष के लावे उगलने लगी—

"कारण तुम छोटे-मोटे नहीं गढ़ते हो, हूँ! कभी तुम्हारा बैल मर जाता है, कभी माँ की आँखों का ऑपरेशन होता है। कभी बीज के बिना खेतों की बुवाई रुकने लगती है तो कभी बेटी की टाँग टूट जाती है...यह बताओ, मेरे यहाँ पैसों की खान खुली है कि जब भी तुम्हारा मुँह खुलेगा, फौरन निकालकर थमा दूँगा। पैसे पूरे लेते हो, हारी-बीमारी के लिए बचा-बुचूकर क्यों नहीं रखते? तुम्हारे इन्हीं लफड़ों के चलते मैं अब तक गाड़ी के जरूरी काम नहीं करवा पाया। आगे के दोनों टायर बदलवाने हैं, रिट्रीटेड कभी भी धोखा दे सकते हैं। सीटों की हालत तुम खुद देख रहे हो, तुम्हारे सामने ही तो पिछले महीने सरदार जी से एस्टीमेट लिया था। भेज पाया क्या उन तक बनने? भेजने की सोचता हूँ तो तुम अपना रोना लेकर खड़े हो जाते हो...नहीं भई, नहीं, इस बार उम्मीद फिजूल है। मैं इन दिनों बहुत टाइट हूँ। मेरे यहाँ सम्मेलन का चक्कर है। बाहर से आए

चार लोग गाड़ी में बैठेंगे। मुझे सबसे पहले गाड़ी ठीक करवानी है। प्रतिष्ठा का सवाल है।"

बोलते-बोलते वे एकाएक विचारमग्न-से खामोश हो गए। लगा कि जैसे वे मौके की नजाकत का खयाल कर अपने क्रोध को नियन्त्रित करने की कोशिश कर रहे हों। हुआ भी यही। कुछ संयमित हुए तो निकट आकर कन्धे थपथपा आश्वासन-भरे स्वर में बोले, "बीवी को लिख दो, कहीं से माँग-जाँचकर काम निकाल ले, तनख्वाह मिलने में अब रह ही कितने दिन गए हैं! भेज देना पैसे... और सुनो, घबराना नहीं, इस महीने की तनख्वाह से मैं एडवांस बिलकुल नहीं काटूँगा...ठीक! अब जाओ।"

जब साहब सुझाव-पर-सुझाव देने लगें तो समझ लो उन्होंने गैंडे की खाल ओढ़ ली है। अब वह चाहे जितना रो-गिड़गिड़ा ले, उन पर किसी बात का कोई असर नहीं होनेवाला। निराशा और क्षोभ से भरा वह मन-ही-मन अपने को जब्त करता कमरे से बाहर निकल आया।

बीड़ी का धुआँ निरन्तर उसके सीने में अपनी सर्पीली पगडंडियाँ बना रहा था। उन पगडंडियों से सरपट दौड़ती आती घुघुनू एकाएक उसके जुड़े घुटनों से चिपककर ठुनकने लगती है। सटे पाँवों पर बैठाकर वह मजबूती से उसकी कोमल बाँहें पकड़ लेता है। घुटने आगे-पीछे झकझोले खाने लगते हैं..."घुन मनैया, कौड़ी पैंया, गंगा बहैंया..."

'गंगा हमका बालू दीन
बालू लै भड़भुजा क दीन
भड़भुजा हमका लावा दीन
लावा-लावा बीन चबावा
ठुर्री-ठुर्री गइया क दीन
गइया हमका दुद्धा दीन
दुद्धा लै हम खीर पकावा

सब कोऊ खावा

टु-टुँ-रूँ...टूँऽऽऽऽऽ!'

उल्लसित घुघुनू उसके पाँव के सहारे अपनी पतली थर्राती टाँगें टिकाए तनकर सीधे खड़ी हो जाती है और निडर-सी उचकने लगती है।

"अब बस, चलो नीचे उतरो!" वह उसे बहलाता है।

"नाय, मैं नाय उतरन बारी।" घुघुनू मचलकर जिदियाती है। वह उसे पुचकारते हुए उठाकर छाती पर बैठा लेना चाहता है कि तभी अचानक घुघुनू की तनी हुई टाँगें हवा में निर्जीव-सी झूल जाती हैं...

उफ! बीड़ी फेंककर वह अनमनाया-सा उठ बैठता है और दीवार की ओर हाथ बढ़ाकर बत्ती जला देता है।

गैरेज में तो वह अकेला है....तमाकू की सुलगी गन्ध के अलावा कुछ भी तो नहीं है इर्द-गिर्द!

छलछला रही आँखों के सामने गैरेज की बदरंग दीवार अचानक फिर धुएँ की सर्पीली पगडंडियों में परिवर्तित हो उठती है। वह देख रहा है...एक उन्मादी भीड़ हवा में मुट्ठियाँ लहराती उन पगडंडियों पर तेजी से बढ़ी चली आ रही है उसकी ओर। वह भी उन लहराती मुट्ठियों के बीच अपनी मुट्ठियाँ तान उसके स्वर में स्वर मिलाना चाहता है। पर यह क्या? उसके निकट पहुँचते ही वे तनी हुई मुट्ठियाँ अचानक शिथिल हो लटक जाती हैं। वह हतप्रभ-सा उन शिथिल मुट्ठियों को उठा-उठाकर तानने की कोशिश करता है, मगर व्यर्थ...

"अबे घनचक्कर, गाड़ी जल्दी-जल्दी गैराज भेजा कर!"

"क्या मतलब?"

अपने ग्रीस से चीकट हाथ एक मैले चिथड़े से पोंछते हुए मैकेनिक जमाल भौंहें सिकोड़ बड़े अर्थपूर्ण ढंग से मुस्कराया था—"बड़े भोले बन रिए डिरेवर सा'ब! लो, मतलब समझाए दे रिया मैं। देख, साहब गाड़ी चलाता नईं... किदर क्या कल-पुरजा, उसको पता नईं! तू हफ्ते में कुछ भी नुस्क बना के गाड़ी घंटे-डेढ़ घंटे-भर इधर ला के खड़ा कर दिया कर। हर फेरे के पाँच परसेंट पक्के। तेरे से पिछलेवाले के साथ अपने येई टरम थे...पगार से तो किसी की सूखी भी नईं चलती, समझे भैये!"

सुनकर वह भड़क गया—"तुम हमें हेरा-फेरी सिखा रहे हो, भैया!"

उसकी त्यौरियों से बेअसर जमाल ढिठाई से उसके कन्धे पर हाथ मारकर हँस पड़ा—"अबे राजा हरिश्चन्द्र की औलाद! हेरा-फेरी नईं सिखा रिया, फॉर्मूला दे रिया मैं तर खाने की। मरजी तेरी, मत खरीद।" फिर उसकी गाड़ी का बोनेट खोलकर कुछ इधर-उधर जाँच-परख करने की गम्भीरता ओढ़ कहने लगा, "मेरा कोई काम नईं इसमें। ये जो सेल्फ का फाल्ट है, इलेक्ट्रीशियन का काम है... सा'ब को बोल, गाड़ी इलेक्ट्रीशियन के पास भेजें। किदर तार-वार निकला होगा। बैटरी भी डाउन लगती है। बदलवाते नहीं तो चार्ज ही करवा लें।"

रास्ते-भर जमाल के वाक्य दिमाग में कील-से ठुकते बेचैनी पैदा करते रहे थे। सुनकर उसे अच्छा नहीं लगा था। साहब कितने भलेमानस हैं। कितना विश्वास करते हैं जमाल का। फिर उसका अपना भी जमीर है। जरूरतों का कोई अन्त नहीं। जरूरतें तो सुरसा का जबड़ा है—जितना उलीचो, सब गड़प। वह नहीं पड़नेवाला इस निन्यानबे के फेर में।

बीड़ी का बंडल खत्म हो गया और अभी मात्र कुबेरिया बीती है। पूरी रात अजगर-सी पड़ी है। कैसे कटेगी? खटिया से उतरकर उसने पायताने रखा पायजामा तहमत के नीचे से ही टाँगों में फँसाया, फिर तहमत खटिया पर उछाल, गैरज में ताला डाल लालता पानवाले के खोखे की ओर बढ़ लिया।

बीड़ी सुलगाते ही दिमाग में हजारों लट्टू एक साथ 'लुप्प-लुप्प' करने लगे। उसने महसूस किया कि अपने वश से अनियन्त्रित डग एकाएक पलटकर बस अड्डे की ओर बढ़ दिए। ये लो, सड़क की दाहिनी ओर दृष्टि घूमी ही थी कि दूर से एक सौ अठारह आती हुई दिखाई दी। भीड़ बहुत नहीं है। होती भी तो क्या। उसे तो सिर्फ आईटीओ तक ही जाना है। इधर बस सरकी नहीं कि ये पटपड़गंज रहा, ये लक्ष्मीनगर रहा, ये जमुना जी के पुल से गुजरते हुए फ्लाईओवर पार करो नहीं कि बस स्टॉप एकदम सामने।

साहब अकसर कहते रहे हैं और कल भी कह रहे थे कि अब सबसे पहले जो काम करवाना है, वो है गाड़ी की सीटें बदलवाने का। जमाल ने उन्हें जिस सीट बनानेवाले सरदार जी ने मिलवाया था, साहब को उसका अनुमानित खर्च वाजिब लगा था। और उन्होंने उसी से गाड़ी की सीटें बनवाने का निश्चय भी

कर रखा है। उसी ने गाड़ी की छत भी नई बनाई थी। अन्यों की बनिस्बत साहब को उसके काम पर भी भरोसा है। 'सरदार के काम में सफाई है।' उन्होंने उसके सामने अनेक बार उसके काम की प्रशंसा की है। इस जूस स्टैण्डवाली गली से थोड़ा भीतर जाएगा तो दाहिने हाथ की पहली दुकान सरदार जी की ही पड़ेगी।

सरदार जी काम में मगन थे। उसकी आहट सुनकर उन्होंने बहुत व्यस्त मुद्रा में गरदन उठाई, "सेवा बताओ जी।"

"तीन-एक-चार-नौ की छत आपने ही बनाई थी?" उसने हिचकते हुए पूछा।

"बनाई थी जी!" सरदार जी उसकी उपस्थिति में विशेष रुचि न दर्शाते हुए फिर से अपने काम में जुट गए। बावजूद इसके उसने आश्वस्ति की साँस ली—सरदार जी गाड़ी पहचानते हैं। वरना बात चलानी ही मुश्किल हो जाती। दिन में पचासों गाड़ियों से वास्ता पड़ता रहता है उनका। याद रख पाना मामूली बात नहीं।

"वो क्या है न कि...हमारे साहब आपसे गाड़ी में नई सीटें डलवाने का हिसाब ले गए थे न!"

"बहुत पहले जी!"

"मैं उनका ड्राइवर हूँ।"

"देखा है तेरे को।"

आगे वह कुछ कहने को हुआ तो अचानक उसे अपना गला सूखता महसूस हुआ। भीतर स्वयं से ही हाथापाई शुरू हो गई। ठीक वैसे ही सनसनी-भरी धुकधुकी सीने में घुमड़ती महसूस हुई जैसे वह किसी चीज को लोगों की आँखें बचाकर जेब में डाल लेने की फिराक में हो और पूरी सतर्कता से निकल भागने की भी...यह चोरी है! बेईमानी है! क्यों? चोरी कैसे? साहब के घर में सेंध मारी है क्या? सेंध नहीं मारी तो फिर...फिर कुछ नहीं...जिसमें से वह हिस्सा माँगने जा रहा है, वह रकम तो साहब ने सोच-विचारकर स्वयं ही सरदार जी को देनी स्वीकार की है...वह तो उसी में से...नहीं, फिर बेवकूफी...फालतू की टिटिर-पिटिर में पड़ते रहोगे तो राम भजो...साहब सीटें बनवाने के लिए पैसे खर्च कर सकते हैं, तुम्हारी घुघुनू की टाँग टूटी रहे तो टूटी रहे...

"किदर सैर करने लगे जी!" उसकी लम्बी चुप्पी पर सरदार जी ने कुछ बेरुखी से टिप्पणी की।

वह अचकचाया, "बस ऐसे ही...आप काम में लगे ही न..."

"अजी बाश्शाओ, काम तो चौबीसों घंटे की मगजमारी है जी! आप तो गड्डी की बात कर रहे थे। गड्डी तो आपके साहब ने अभी भेजी नईं। किसी और से सीटें डलवा लीं क्या?"

"नहीं।" सरदार जी की खुली-खुली बातचीत से उसका साहस जुटने लगा, "काम तो अभी नहीं हुआ है, साहब करवाएँगे; पर पता नहीं कब! मान लो..."

सरदार जी पलक झपकते उसका आशय भाँप गए। हँसकर बोले, "बहुत बकत लेते हो जी काम की बात में। गड्डी कल लाकर खड़ी कर दो, आपकी पाँच परसेंट पक्की जी!"

वह बेबाक हो आया, "आपने दो हजार का हिसाब बताया है साहब को... उसमें से मुझे बस पाँच परसेंट। सौ रुपल्ली में क्या बनेगा!"

सरदार जी थोड़ा उखड़े—"तो सिद्धे-सिद्धे बोल ना, तेरी क्या उम्मीद है? जो बिजनेस लाकर देता है, हम उसे नाखुश नहीं रखते।"

वह होंठ चबाता असमंजस में पड़ गया। कितना कहना उचित होगा। कहीं ऐसा न हो कि वह ज्यादा बोल जाए और सुनते ही सरदार जी बिदक उठें। बिदक जाएँगे तो कौन-सी अनहोनी घट जाएगी। तेवर देख फौरन पलटी मार लेगा। अभी तो कम-से-कम तीन सौ की जरूरत है।

"कम-से-कम तीन सौ तो दीजिए ही! काम भी बड़ा है।" कहकर अपने दुस्साहस पर वह स्वयं चकित हो उठा।

सरदार जी मूँछों-ही-मूँछों में मुस्कराए—"काके! तू तो आसमान में सिड्डी लगा रहा है। इतने मुनाफे की गुंजाइश थोड़ेई होती है...फोम का काम करना है। चल, एक ही बात, ढाई सौ ले लेना। छुट्टी कर अब।"

"ठीक, मैं कल ही गाड़ी हाथ में देता हूँ। मगर मेरी एक शर्त और है।" वह अपनी तरंग भरती प्रसन्नता को बरबस ऐंड़ लगाते हुए सहज स्वर में बोला, "पैसे मुझे एडवान्स चाहिए, सरदार जी!"

"ओए, चित्त भी मेरी, पट भी मेरी! तू तो हद करता है।" सरदार जी ने बिगड़कर गरदन ऊपर उठाई। फिर अगले ही क्षण पता नहीं क्या सोचकर एकदम

समझौतेवाला भाव ओढ़ लिया, "चल ठीक है, इधर हाथ पर एडवान्स रखवा, उधर तू अपना एडवान्स ले।"

"पक्का?"

"पक्का!"

उसका दिमाग आगामी क्रिया-कलाप का ताना-बाना बुनने लगा। मान लो, कल ही उसे पैसे मिल गए तो अगर परसों तार से मनीऑर्डर करवा देगा तो परसों है मंगल, बुध, बिफ्फे, सुकर...सुकर को अवश्य पैसे सावित्री को मिल जाएँगे।

वह मानो बोझ से मुक्त होकर रूई के फाहे-सा हल्का हो आया। सरदार जी से राम-राम कर बस स्टॉप की ओर बढ़ा तो बरबस होंठों पर कजरी की एक अधूरी पंक्ति मचलने लगी।

सुबह गाड़ी धोने के बहाने जैसे ही उसने भीतर की सफाई के लिए पिछला दरवाजा खोला, उसका एक हाथ फुरती से अपने कुरते की ऊपरी जेब में यत्न से रखे ब्लेड पर चला गया। ब्लेड निकालकर वह पिछली सीट पर पोंछा मारने की मुद्रा में झुक गया और बड़ी चतुराई से उन जोड़ों पर ब्लेड फिराने लगा, जहाँ पहले से ही सिलाई कुछ खिंच रही थी और रेक्सीन के उधड़ जाने की सम्भावना थी...

(1986)

इस हमाम में

आज उसकी घंटी नहीं बजी, न ही आवाज सुनाई दी।

रोज सुबह दरवाजे के बाहर से उसकी आवाज सुनाई पड़ती—"बाई, कचरा!"

इसी तर्ज में वह यानी अंजा हमारे लम्बे कॉरीडोर से जुड़े हुए हर फ्लैट की घंटी बजाती हुई 'कचरा' शब्द का उच्चारण करती, फिर कचरा लेने उसी फ्लैट के सामने पहुँच जाती जिसकी घंटी उसने सबसे पहले बजाई थी। ऐसा शायद वह सुविधा के लिए करती थी कि तब तक हर फ्लैट का बाशिन्दा अपने-अपने कचरे का डिब्बा दरवाजे के बाहर रख दे और अंजा को व्यर्थ प्रतीक्षा न करनी पड़े। दस माले की ऊँची इमारत के हर घर से उसे कचरा इकट्ठा करना पड़ता था। लोगों को भी आदत हो गई थी। वे उसकी घंटी पहचानते थे। सुबह दूधवाले की घंटी...पेपरवाले की...और अंजा की। सुबह की व्यस्तता के बावजूद लोग उसकी आवाज सुनते ही दरवाजा खोल अपना कचरे का डिब्बा दरवाजे के बाहर रख देते और बिना अंजा की प्रतीक्षा किये हुए अपने काम में लग जाते। अंजा एक-एक का कचरा क्रमश: अपने प्लास्टिक के भारी झाबे में उड़ेलती, खाली डिब्बा यथास्थान रखकर दूसरे फ्लैट के दरवाजे पर पहुँच जाती। बाद में लोग अपना-अपना डिब्बा सुविधानुसार उठा लिया करते। शुरुआत के दिनों में मैं भी ऐसा ही करती थी।

ठीक पौने नौ बजे घड़ी देखकर सोमेश दफ्तर के लिए निकल पड़ते। मैं बैग उठाकर उन्हें लिफ्ट तक छोड़ने के लिए दरवाजा खोलती तो खाली कचरे का

डिब्बा घर की देहरी से सटा रखा होता। शायद यह बात सोमेश कई दिनों से गौर कर रहे थे कि कचरेवाली कचरा तो लेकर चली जाती है मगर मैं इस बीच खाली डिब्बा ज्यों-का-त्यों पड़ा रहने देती हूँ। घर से निकलते ही सबसे पहले खाली डिब्बे का दर्शन उन्हें अपशकुन प्रतीत होता। उनके इस वहम से परिचित होते ही मैंने अपनी आदत बदल ली थी और ऐसी स्थिति में मेरे और अंजा के औपचारिक परिचय ने आत्मीयता की प्रगाढ़ता ग्रहण कर ली थी।

अब होता यह था, जैसे ही उसकी घंटी बजती, मैं फौरन अपनी व्यस्तता झटककर, डिब्बा उठा, अंजा के सामने पहुँच जाती और उसे तुरन्त खाली कर देने के लिए कहती। एक-आध रोज तो इस परिवर्तन से उसे परेशानी हुई थी। कचरे का 'झाबा' अट्ठावन नम्बरवाले फ्लैट के सामने ही वह हमेशा की तरह रख छोड़ आती थी। पूछे बिना उससे रहा भी न गया था। मुँहासे-भर साँवले गालों की उभरी गोलाइयों के नीचे कुछ अधिक फटे होंठों में वह अर्थपूर्ण ढंग से मुस्कराई थी—"इधर कचरे का डिब्बा चोरी नईं होता।"

उसके गलत मतलब निकालने पर एकाएक दिमाग भन्ना उठा था। सुबह का वक्त था, संयत होकर जवाब दिया, "यह बात नहीं है, अंजा। असल में, सा'ब को दरवाजे पर पड़ा हुआ खाली कचरे का डिब्बा अपशकुन लगता है, बस इसीलिए..."

"क्या?" उसका मुँह अचरज से खुल गया। आँखें पटपटाकर बोली, "सा'ब इतना शिखेला-पढ़ेला मानुस होकर ये सब बात मानता है क्या? आजकल तो अपुन लोग भी ऐसा बात पे इस्वास नहीं करता, फिर..."

क्षण-भर निर्विकार भाव से देखा मैंने उसे, फिर खाली डिब्बा लगभग उसके हाथ से झटककर अपना दरवाजा बन्द कर लिया। इस प्रश्न का जवाब भी क्या था मेरे पास? जबरन सहेजा हुआ तटस्थ भाव रसोई तक पहुँचते-पहुँचते मोम-सा पिघलने लगा। एक तरह से मुझे उसका यह कटाक्षपूर्ण प्रश्न अच्छा लगा था क्योंकि उसके प्रश्न में जिज्ञासा की तीव्रता के अलावा सोमेश के वहमी व्यक्तित्व के प्रति तिरस्कार का भाव भी था।

'इतना शिखेला-पढ़ेला मानुस...'

अंजा के ये शब्द व्यस्तता के बावजूद मस्तिष्क के संवेदन-तन्तुओं में दुबके, हथौड़े की धमक-से निरन्तर बजते रहे। लगा था, कभी अंजा को अपने करीब बैठाकर वह सब बता दूँ, मैं एक नहीं, कई-कई वहमों की चोट से छिदी हुई हूँ और शुष्कता की हद तक जीवन-मोह से विमुक्त। और जब अंजा की आँखों का प्रतिपल गहरा होता विस्मय एकाएक उपहास बनकर सोमेश के व्यक्तित्व पर गिट्टियाँ उछालेगा तो शायद मैं एक सुखद राहत महसूस करूँगी। एक मामूली कचरेवाली का उपहास मेरी अपनी टीसों पर ठंडा फाहा होगा।

ऐसा हो नहीं पाया। उसे अपने करीब फुरसत से बैठा तो नहीं पाई। बस, परस्पर बोल-चाल निश्चय ही बढ़ गई। यह भी सोमेश से छिपा नहीं रहा। अपनी नाराजगी वे दबा नहीं सके। एक रोज झुँझलाकर बिफरे, "कचरा देने में इतना समय लगता है?"

बात सुनकर भी मैंने अनसुनी कर दी।

मेरी यह ढिठाई उन्हें बेहद नागवार गुजरी—"मेरा नहीं तो पास-पड़ोसवालों का तो लिहाज करो।"

सुनकर विद्रोह की एक तड़प-सी कौंधी। चीखों का ढका-दबा सैलाब फट पड़ने को हुआ किन्तु हमेशा की तरह सब भीतर-ही-भीतर अन्तस की गहराइयों में फूटता रहा...बहता रहा। बहुत पहले अपनी घुटन को अभिव्यक्ति दी थी, चश्मा उतारकर अपनी आँखें दिखाई थीं। 'इन आँखों में देखने की शक्ति है...मस्तिष्क सोचता भी है...हृदय में संवेदनशीलता भी है।'

सुनकर सोमेश हँस दिए थे, "तुम्हारी आँखें सचमुच खूबसूरत हैं, दिवा पर देखने के लिए उन्हें चश्मे के सहारे की जरूरत है।"

फिर जो निर्णय लादने की शुरुआत का सिलसिला शुरू हुआ, उसने शायद मेरे कन्धों की मजबूती पहचान ली थी...शादी के चार साल बाद 'समीप' हुआ था।

मेरी खरीदी हुई स्लेट तथा रंगीन चाकों का डिब्बा न जाने कहाँ पड़ा होगा! सुन्दर जिल्दवाली अक्षर-ज्ञान की किताबें अपने ऊपर रखी जानेवाली नन्हीं कोमल उँगलियों के स्पर्श से वंचित न जाने किस दराज में पड़ी धूल खा रही होंगी। पाँच साल का समीप मेरी काँपती हुई टाँगों से लिपटा चीखें मारता रहा,

मदर ने अंक में भरकर उसे बहलाते हुए गोद में उठा लिया था और सान्त्वना से मेरे कन्धे थपथपाते हुए कहा था—"कीप पेशंस..."

भाभी-भैया सोमेश को देखकर लौटे थे। भाभी ने कहा था, "उन्हें तो एम.ए. या पी-एच.डी. से नीचे पढ़ी-लिखी लड़की चाहिए ही नहीं।" कई महीनों तक मुझे देख-दाख आने के बावजूद सोमेश के घरवालों ने मेरे सम्बन्ध में ब्याह का निर्णय लटकाए रखा था। शादी हो जाने के काफी अरसे बाद मौसी ने बताया था—चश्मे के बावजूद, उन्हें इतनी सुन्दर लड़की ढूँढ़े नहीं मिली थी। लड़कियाँ तो बहुत देखी गई थीं पर सुन्दरता, शिक्षा तथा जन्मपत्री का मिलना और बत्तीस गुणों तक मिलना मेरे साथ ही सम्भव हो पाया था और इसीलिए निर्णय में समय तो जरूर लगा, पर हुआ मेरे पक्ष में।

उस रोज की घटना...सालों हो गए मगर आज भी याद करते हुए सिहरती हूँ। सोमेश दफ्तर के लिए निकल रहे थे और सहसा उनके दरवाजे के बाहर होते ही मुझे याद आया था कि मैं जल्दबाजी में उन्हें रूमाल देना भूल गई हूँ। लपककर दरवाजा खोल कॉरीडोर में पहुँची तो पाया कि वे लिफ्ट के सामने खड़े उसके ऊपर आने की प्रतीक्षा कर रहे थे।

"सुनिए!" मैंने रूमालवाला हाथ आगे बढ़ाकर उन्हें पुकारा तो वे एकाएक मुड़े और तमतमाए-से मेरे करीब आकर तकरीबन बाँह से घसीटते हुए भीतर खींच ले गए। और इतनी जोर का धक्का मारा कि मेरा पूरा शरीर जड़ से उखड़े पेड़ की तरह ड्राइंगरूम की दीवार से टकरा गया। सुन्न होती देह काले-काले धब्बों से भर गई। आँखों से मैंने उसका चेहरा कोशिश कर देखा था। वे लगभग चीख-से रहे थे, "आइन्दा ऐसी हरकत मत दोहराना, समझीं? कितना भी जरूरी काम क्यों न हो—एक बार मैं घर से निकल गया तो समझो, निकल गया। पीछे से कभी न बुलाना। दफ्तर में फोन भले ही कर देना!"

उस वक्त अम्मा कुछ दिनों के लिए हमारे साथ थीं। मेरे प्रकृतिस्थ होते ही उन्होंने मुझे सोमेश के वहमी प्रकृति-पक्ष और उसकी प्रामाणिकता पर लम्बा-चौड़ा भाषण दे डाला था कि ऐसी टोका-टाकी से किस तरह बनते हुए काम बिगड़ जाते हैं—"इन सब बातों का तुम्हें ध्यान रखना होगा, बहू। सोच-विचारकर चलने की हमारी कुल-परम्परा है। हम बीस बिसुआवाले कान्यकुब्ज जो ठहरे!"

रूढ़ि और पाखंड के बवंडर में घिरा आहत मन क्षोभ और पीड़ा से छटपटा उठा था। भैया-भाभी के प्रति आक्रोश की उभरी चिनगारी शनैः-शनैः जवान आग की शक्ल अख्तियार करती जा रही थी कि तभी अचानक अंजा से भेंट हो गई थी और जान-बूझकर मैंने उससे संसर्ग बढ़ाना शुरू कर दिया था, ताकि ऊँच-नीच की कुलीनता-अकुलीनता से प्रभावित रहनेवाली सोमेश की भावनाओं का मुँह बिरा सकूँ।

एक दोपहर गहरी नींद में घंटी की आवाज सुनकर जब मैंने दरवाजा खोला तो पाया, सामने कचरेवाली अंजा खड़ी है। समझ में नहीं आया, इस वक्त वह क्योंकर आ सकती है। उसके असमय आने का प्रयोजन पूछना ही चाहती थी कि तब तक वह साधिकार भीतर दाखिल हो गई। पता नहीं क्यों, मुझे उसका आना अच्छा लगा।

उससे बैठने के लिए कहकर सोत्साह वॉशबेसिन पर जाकर मुँह-हाथ धोने लगी। फिर चाय बनाकर, उसे दो कपों में छान, एक कप अंजा को थमा, उसके निकट आकर बैठ गई। अकसर जब कभी उसे सुबह 'फ्रिज' का ठंडा पानी पीना होता तो वह मुझसे ही माँगती थी। मैं निस्संकोच पानी गिलास में डाल उसे थमा देती। गिलास में पानी लेते हुए वह संकोच से सिकुड़ उठती। कहती—"बाई, एक तुम्हीच हो जो अपुन को वोईच बरतन में पानी पिलाता है जिसमें तुम खुद पीता है। नईं तो अपुन को तो लोग असीच कप में पानी देता है जो कचरे में फेंकनेवाला होता है। समझते हैं, हम इनसान नईं, मैला है, मैला।"

वह बिना कुछ बोले फौरन चाय सुड़कने में तन्मय हो उठी। उसके द्वारा ही कुछ कहे जाने की प्रतीक्षा करती रही। उसका चिन्तामग्न चेहरा काफी उदास लग रहा था। मैंने उसे हमेशा हँसते हुए, मजाक करते हुए देखा है। बल्कि सुबह मुझे उसके रसीले बतकहाव की वजह से ही प्रतीक्षा रहती थी कि भेंट होते ही वह कोई-न-कोई टीका-टिप्पणी-भरी बात करेगी या फिर कुछ फूहड़ किस्म के मजाक जो मुझे वस्तुतः अच्छे लगते थे। हमारे बीच दुबकी बैठी चुप्पी मैंने ही तोड़ी।

"क्या बात है, अंजा? आज तुम बड़ी परेशान नजर आ रही हो?"

"हाँ...वो...बाई! मेरे को कुछ रुपया चइए था।" वह संकोच से सहमती हुई साहस कर बोली।

"रुपये! क्या जरूरत आ पड़ी तुम्हें?"

"झोपड़ा लेने का मेरे को।"

उसकी बात सुनकर मुझे अचरज हुआ। अपनी जिज्ञासा दबा नहीं पाई, "घर नहीं है क्या तेरे पास?"

"है, पन..." कहकर वह अपने मन की दुविधा झेलती कुछ पल मौन हो आई। लेकिन चाय खत्म होते-न-होते वह अपनी सारी परेशानी ब्यौरेवार बता गई। उसने तथा उसके तीसरे पति ने मिलकर खार झोपड़पट्टी में एक झोपड़ी ली है जिसके लिए उसे डेढ़ सौ रुपया डिपॉजिट और पन्द्रह रुपये चालू भाड़े का जुगाड़ करना था। मैंने देखा, घर के विषय में बताते हुए उसका उदास चेहरा खिले फूलों-सा निखर आया है।

"अभीवाला घर में नल भी है, म्यूनिसपेलिटी का संडास भी है। पिच्छू जहाँ हम रहता था न, वहाँ पानी का बोत दिक्कत था। बम्बा से पानी भर के लाना पड़ता था। और संडास...सुनेगा तो तुम हँसेगा। विश्वास नईं करेगा। एकदम सुबू को उठकर सड़क का बाजू में..."

ऐसी दयनीय स्थिति सुनकर भी मैं अपनी हँसी रोक नहीं सकी थी।

जाने से पहले डेढ़ सौ रुपये मैंने उसकी हथेली पर धर दिए थे। अंजा की आँखें अनायास स्नेहिल कृतज्ञता से भीग आई थीं। अचानक झुकी तो उसका हाथ मेरे पैरों पर टिक गया—"बाई! आपका जैसा दिल किसी का नईं देखा अपुन।"

घर! मुझे अंजा को मनपसन्द घर मिल जाने की खुशी हुई थी। अपना यह फ्लैट मुझे कभी घर की तरह नहीं लगा। किसी दौड़ती हुई ट्रेन के स्लीपर कम्पार्टमेंट का हिस्सा-भर महसूस हुआ जिसका फर्श दूसरों के घर की छत है और छत किसी और के घर की जमीन।

दो-तीन कहानियाँ लगातार पढ़ गई थी। आँखों में दर्द-सा महसूस होने लगा था। पता नहीं, चश्मे का नम्बर बढ़ गया है या दोपहर-भर लगातार पढ़ने का नतीजा

था। कहानी की पत्रिका सिरहाने उठाकर रख दी। चश्मा उतारकर दोनों हथेलियों से दुखती आँखों को हल्के-हल्के दबाया। एक सुखद राहत में पलकें तन्द्रिल हो उठीं। नहीं-नहीं, मैं सोना नहीं चाहती...

सोमेश महसूस ही नहीं करते कि अब मैं पढ़ते-पढ़ते थक गई हूँ, सोते-सोते थक गई हूँ, दिन-भर टेबल-कुर्सियाँ, कुशन झाड़ते-पोंछते थक गई हूँ...सिर्फ उनकी और उनकी ही बातें सुनते-सुनते थक गई हूँ। न किसी के संग उठना-बैठना, न कहीं मन-मुताबिक आना-जाना। आना-जाना भी हो तो सोमेश की उपस्थिति का दबाव हर पल किसी का पीछा करते हुए व्यक्ति की कड़ी निगरानी के आतंक-सा मन को बन्धक बनाए रहता।

अंजा से मैंने अपनी इस ऊब का जिक्र किया तो वह सुझाव देती-सी बोली थी, "बाई, अक्खा दिन काय कू घर में पड़ा सड़ता है! दूर किसी ऑफिस-वाफिस में काम-धन्धा देख लो न। सा'ब जो भी बोलता हय, तुम गुप-चुप काय को मान लेता हय? तुम शिखेला-पढ़ेला है न, परवा मत करो। जितना परवा करेगा न उतनाच वो तुमको आँख दिखाएगा, समझा। फिर बाबा का भी तो काम नईं है। वो उधर शाला में और तुम इधर घर में अकेला भूत सरखा।"

उसकी बातों ने सचमुच घेरे को तोड़ने का विद्रोह पैदा कर दिया था। सोमेश को बिना बताए एक स्कूल में मैंने अध्यापिका के लिए प्रार्थना-पत्र भेज दिया। साक्षात्कार का बुलावा आने पर चुपचाप साक्षात्कार भी दे आई। अचानक एक दोपहर मुझे स्कूल के अधिकारियों का पत्र प्राप्त हुआ कि मुझे वहाँ एक हफ्ते के भीतर ज्वाइन कर लेना है।

सुबह नाश्ते की टेबल पर सोमेश को जब मैंने यह खुशखबरी दी तो प्रत्युत्तर में उनका क्षण-भर पहले का मीठा स्वर चिड़चिड़ाहट में बदल गया।

"नौकरी की तुम्हें क्या जरूरत आ पड़ी?"

"समीप के चले जाने के बाद से मैं दिन-भर अकेली पड़ी ऊबती रहती हूँ। बस, यही सोचकर आवेदन-पत्र भेज दिया था।"

"समय ही काटना है न! लिख-पढ़कर भी तो समय गुजारा जा सकता है।"

"कितना?"

"औरतें और भी बहुत-से काम घरों में करती हैं। तुम उनसे निराली हो?"

"निराली नहीं हूँ, मगर वे बच्चे भी तो पालती हैं।"

"दिवा!" उनकी आवाज उत्तेजना से काँपने लगी, "तुम्हारे वाहियात तर्कों के फेर में मैं नहीं आनेवाला। घर में रखकर समीप की जिन्दगी नहीं बिगाड़नी है मुझे।"

"मुझे क्यों घर में रख छोड़ा है?"

मेरे इस दुस्साहस की उन्हें रंचमात्र भी कल्पना नहीं थी। दाढ़ी का 'ब्रुश' गुस्से से बेसिन पर पटकते हुए वे तौलिया उठा, भन्नाते हुए बाथरूम की ओर मुड़ गए—"पता नहीं हराम...क्या चाहती है? पाँच लाख का फ्लैट है, बच्चा आराम से सिन्धिया में पढ़ रहा है, ख्वाहमख्वाह आँसू टपकाने की आदत पड़ गई है। वह भी ठीक ऑफिस के लिए तैयार होने के समय ही...रेड़ मारकर रख दी... मल्होत्रावाला अनुबन्ध आज तय होने से रहा।"

बाथरूम का दरवाजा बन्द करने से पहले उन्होंने मुझे आग्नेय नेत्रों से घूरा, फिर आदेश-भरे स्वर में बोले, "फिजूल के तेवर दिखाने की जरूरत नहीं है। उन्हें अभी इसी वक्त पत्र लिखकर मना कर दो ताकि वे किसी और को तुम्हारी जगह नियुक्त कर लें, समझी!"

क्या मैं मात्र सोमेश की उँगलियों का संकेत-भर हूँ? यही और बस इतनी ही मेरी पहचान है और मेरे होने की शर्त? अंजा ने तीसरे आदमी के साथ घर बसाया है...मैं...मैं...इस कँटीली फेसिंग को सुरक्षा की चारदीवारी का भ्रम बनाए क्यों पेट में निवाले डालने की मजबूरी को जीवन का तालमेल और आपसी समझदारी जैसे अर्थहीन शब्दों की आड़ में जी रही हूँ? अंजा के लिए... नहीं...उसका और मेरा, समाज-समाज का जीवन-दर्शन अलग-अलग है।

बाथरूम से बाहर आकर सब कुछ पटका-पटकीवाले मूड में स्वत: किया गया। मेरे निकाले हुए कपड़े न पहनकर दूसरे निकाल लिए गए। पॉलिशवाले जूतों को परे सरकाकर गन्दे सैण्डिल पहने गए। रूमाल भी दूसरा ढूँढ़ा गया पर शायद मिला नहीं अत: रोष में वह भी साथ नहीं रखा गया।

दरवाजा इतनी जोर से बन्द किया गया कि बड़ी देर तक कानों में एक अजीब-सी भन्नाहट गूँजती रही।

उठकर दरवाजे तक मैं भी नहीं गई। हमेशा ही समझौते को प्रस्तुत रहनेवाली मेरी आदत ने एकाएक रुख पलटा था और इस ढिठाई के लिए मन को पछतावे

जैसी भावना ने उद्वेलित भी नहीं किया। बस, आक्रोश का ज्वार निरन्तर मन को वेधता रहा। कब तक यह सब सहना है? छह सौ रुपये की यह नौकरी मुझे अपने ढंग से खड़ा तो रहने दे सकती है। फिर...

घृणा...घृणा...घृणा का अविराम बहाव कब से अन्तर की अनदेखी गुहाओं में अबाध बहता रहा था, मुझे आभास ही नहीं हुआ! एक शख्स के इतने हिस्से कैसे कर दिए जाते हैं? बेटी, बहू, पत्नी, माँ—नारी...पैदा होते ही उसे समझाना शुरू कर दिया जाता है कि उम्र के हर टुकड़े को दूसरों की सुविधाओं के अनुकूल आत्मसात करके जीने में ही उसका जीना है—एक निर्धारित स्वीकार... क्यों? आखिर क्यों?

तकिया अमीबा की शक्ल में कई जगह से भीग गया।

उठकर मैंने दीवारों, दरवाजों के उन हिस्सों को बार-बार छुआ था, पढ़ा था जिन पर पिछली क्रिसमस की छुट्टियों में आए हुए समीप ने कहीं ए बी सी डी लिख दी थी तो कहीं सेब का अण्डाकार आकार खींचकर 'ए फॉर एप्पल' लिख दिया था, कहीं वन, टू, थ्री, फोर...

रात को सोमेश मेहमानों के कमरे में ही सो गए, सुबह पता नहीं कब उठकर चले गए। दो बजे तक नींद ही नहीं आई। उठी, मेडीसिन बॉक्स से कम्पोज निकालकर खाई तब कहीं जाकर आँख लगी।

किसी भी काम के लिए उठने की इच्छा नहीं हो रही थी लेकिन कचरेवाली अंजा की घंटी और साथ-साथ ऊँची हुई लहकदार आवाज ने चुम्बक-सा खींच लिया। उठकर रसोई में आई तो हाथ यन्त्रचालित-से फ्रिज पर चले गए। देखा, दूध की चारों बोतलें स्टैंड में करीने से लगी हुई हैं। सोमेश ने उठकर ले ली होंगी। मुझे तो पता ही नहीं चला कि कब दूधवाले की घंटी बजी, कब पेपरवाले की। रसोई के प्लेटफॉर्म पर चायदानी तथा एक जूठा कप भी पड़ा हुआ दिखा। परन्तु मन को ग्लानि नहीं हुई। यह सब मुझे तकलीफ न पहुँचाने की भावना से नहीं किया गया है बल्कि यह दर्शाने का प्रयास है कि तुम्हारे बगैर भी इस घर में पत्ता खड़क सकता है। तभी मन को मथते तर्क-वितर्क को परे झटक, मैं कचरे

का डिब्बा उठाकर फुरती से बाहर आई। बाहर खड़ी वह मेरी प्रतीक्षा कर रही थी। कचरे का डिब्बा जैसे ही मैंने उसकी ओर बढ़ाया, तेज-तर्रार अंजा ने किसी अप्रिय घटना की परछाईं मेरी आँखों में पढ़ ली।

"क्या बात है, बाई? आँख तो ऐसा सुझेला हय जैसा रात को तुम बेवड़ा मारकर सोया हो।" मजाक करके वह खुद ही 'हो-हो' करके हँस दी। परन्तु मैं न हँस सकी। शून्य दृष्टि से उसके कचरे के झाबे को घूरती भर रही।

"रात सा'ब से लफड़ा हो गया था?" अंजा मेरी खामोशी पर तिक्त होती गम्भीर हो आई।

"हाँ।" मैंने संक्षिप्त-सा उत्तर दिया।

"मरद जात...कोई-कोई छोड़ के बोलेंगे तो...पक्का भड़ुआ होता है। अपन ने हिम्मत छोड़ी कि समझो उनके खीसे में।" उसने हिकारत में मुँह बिचकाया।

उसकी इस गाली में शायद मिला-जुला आक्रोश था। सुनकर मैं अचकचा उठी। उसे शायद इस बात की परवाह नहीं थी कि इस तरह की कड़वाहट हमारे भीतर भी उठती है; किन्तु ऐसी अशालीन शब्दाभिव्यक्ति में हम उसे सुनने-कहने के आदी नहीं होते।

अंजा का आक्रोश पीछे लौटता कहीं अपनी यन्त्रणाओं की गलियों में भटकने लगा था।

"हम तो पहलेवाले मर्द को छोड़ा इसीलिए, अक्खा दिन किटकिट। जितना पगार उठाता था, सब दारू में खलास। तीन साल में तीन बच्चा। बोत मुश्किल से एक गेस्ट हाउस में झाड़ू-कचरा उठाने का नौकरी मिला। पगार बोलेंगे तो फकत अस्सी रुपया...साला, जब देखो तब भेज देता था गेस्ट हाउस के मेम सा'ब के पास—'अंजा, पाँच रुपया उधार माँगकर ला न मेम सा'ब से...' दारू भी मेरे पैसे की पीता और धुत्त होकर हड्डी भी मेरी तोड़ता...बच्चा लोग दो जून पेट भरने को तरसता...छह साल खड़ूस के संग कैसा निकला, बोलने को नईं सकता। फिर सोचा, मर्द के साथ भी तो अपने हाथ का कमा के खाना पड़ता है। अकेला ही बच्चा लोग को पालेगा...

"पन बाई, जात-बिरादरीवाला अकेला भी तो नईं रहने देता।" कहते-कहते अंजा की आँखें पनिया आईं—"एक दिन हम भट्ठीवाला सेठ सद्धू के घर अपना

तीनों बच्चा लेकर आ गया। कुछ दिन तलक तो वो हमकू बड़ा चाव से रखा। फिर लगा दिया भट्ठी के काम में। मैं नौसादर और गुड़ सड़ा के दारू बनाने लगी और वह हरामखोर, रात-दिन जुआ खेलने को लगा। बाद को पता लगा, एक रंडी पन रखेली होती उसकी, वहीं अक्खा रात-दिन पड़ा रहता। झगड़ा करने से भड़ुआ मेरीच पिटाई करता...

"कितना दु:ख रोएगा...सद्धू ने मेरे दोनों छोकरों को दारू पहुँचाने के काम में भिड़ा दिया। एक रोज दोनों मोटर का टियूब में दारू भरकर अँधेरी स्टेशन का पिच्छू एक होटल में पहुँचाने गया होता, तभी पोलिस का हाथ पड़ गया और वो कुत्ता...जामिन के वास्ते भी नहीं गया। बचा वो भी नईं। एक दिन अक्खा झोपड़पट्टी पर पोलिस का धाड़ पड़ा। खोद-खोद के माल बाहर निकाला। सद्धू को भी पकड़ा। छोटेवाले बच्चे को लेकर मैं कइसा भी बच के भाग निकली। मंगतराम पेट्रोल पम्पवाली झोपड़पट्टी में एक रिश्ते की भावज थी, उसी के पास। भावज बड़ा-बड़ा बिल्डिंग में कचरेवाली का काम करती थी। मैंने भी पेट पालने के लिए दो-चार घर पकड़ लिए। बाद में खबर लगा था, सद्धू को साल-भर का तड़ीपार मिला है।"

सहसा बगलवाले फ्लैट का दरवाजा खुलने से हमारी बातचीत में व्यवधान पड़ा। अंजा एकाएक खामोश हो गई। फ्लैट के मालिक मिस्टर पंजवानी बाहर निकल रहे थे। अंजा बड़े सहज भाव से चुपचाप अन्य घरों की ओर बढ़ती हुई उनकी घंटी बजाने लगी।

मिस्टर पंजवानी ने मेरे करीब ठहरकर मुझसे 'हलो' की। प्रत्युत्तर में मैंने अपनी अटपटी स्थिति को ढकते हुए मुस्कराकर उनसे प्रतिप्रश्न किया, "बहुत दिनों से आप दिखाई नहीं दिए?"

"जी, मैं करीब तीन महीने के लिए यूरोप की यात्रा पर था।"

"अच्छा!" मैंने स्वर में भरसक विस्मय भरकर कहा।

वे मुस्कराते हुए लिफ्ट की तरफ बढ़ लिए। उनके जाते ही अंजा दरवाजे से बाहर प्रतीक्षा करते कचरे के डिब्बों की उपेक्षा कर पुन: मेरे करीब आ खड़ी हुई।

"बाई!" उसका स्वर मेरी ओर झुकता हुआ अचानक खुसफुसाहट में बदल गया, "बाहर-बीहर कहीं नईं गया था। तीन महीना जेल काट के आया है ये सा'ब, मालूम क्या!"

"क्या!" उसकी करुण कथा से अभिभूत मेरा हृदय एकाएक किसी सनसनीखेज घटना को जान लेने को तीव्र उत्सुकता में परिवर्तित हो उठा।

"बोत बड़ा स्मगलर है ये, पकड़ा गया था...बचा नईं...तुमको पता नईं?"

"नहीं?" मेरे विस्मय का पारावार नहीं था।

"बोत ऊँचा-ऊँचा लोग रहता है आपके पड़ोस में। चौंतीस लम्बरवाली वो केसव मेम सा'ब है न। आपको तो यईच पत्ता होगा कि वो नाच-वाच सिखाती हय...डांस का किलास चलता है उसका। पर असल में..." कहते-कहते अंजा संकोचवश तनिक ठिठकी, "धन्धा करती है छोकरियों का! उनका घर का कचरे के साथ बोत सारा फैमिली प्लानिंग पड़ा रेता हय... क्या बोलेगा, छिह!" घृणा से मुँह बिचकाकर उसने जैसे किसी से त्रस्त होकर नाक सिकोड़ी।

"तुम्हें ये बातें कैसे मालूम पड़ जाती हैं?" मैंने अचरज से पूछा, "जबकि मैं पड़ोस में रहती हूँ!"

"तुम भी बाई, बुद्धू सरीखी बात करती। कचरा के साथ बहुत सारी बातें ये लोग खुद ही बाहर फेंक देता हय।"

मेरा मन उसकी कुशाग्रता पर हतप्रभ हो उठा। कैसी आत्म-विश्वास से पगी औरत है! कितनी तेज बुद्धि! कितने आँधी-तूफान झेले मगर छीज-छीजकर भी लड़ाई लड़ रही है...

आज वो घंटी नहीं बजी, न वो लहकदार आवाज ही सुनाई पड़ी जिसकी मुझे बेचैनी से प्रतीक्षा रहती थी।

घंटी तो बजी थी और कचरे के लिए पुकार भी आई थी लेकिन घंटी का अन्दाज रोज-वाला नहीं था। आवाज किसी आदमी की थी। मुझे बेहद आश्चर्य हुआ। कचरे का डिब्बा उठाकर मैं हतोत्साहित-सी दरवाजा खोलकर खड़ी हो गई। मैंने अंजा की जगह एक बूढ़े को खड़ा पाया।

"आज अंजा नहीं आई? तबीयत ठीक नहीं है क्या उसकी?" मैं अपनी जिज्ञासा कोशिश करके भी दबा नहीं पाई।

प्रत्युत्तर में बूढ़े ने बुरा-सा मुँह बनाया और कटाक्ष-भरे स्वर में बोला, "तबीयत क्या, बीबी जी! जिसकी एक के साथ नहीं निभी, दस के साथ क्या निभेगी! फिर आदमी और जगह बदल लेने से जिन्दगी थोड़े ही बदल जाती है।"

"क्यों? ऐसा क्या हुआ?" मैंने आशंका से भरकर पूछा।

"होना क्या था, बीबी जी। रात मियाँ-बीवी में खूब झगड़ा हुआ। मरदजात, लुगाई की सहन नहीं हुई, हाथ उठ गया सो उठ गया। अंजा ने ताव में कुछ खा-पी लिया। वाडिया अस्पताल में पड़ी है। अभी तक होश नहीं आया है। मुझे उसके मरद ने बदले में काम सँभालने के लिए भेजा है।"

सुनकर मैं अवाक हो उठी हूँ। काम में मन नहीं लग रहा। दिमाग में निरन्तर बूढ़े की आवाज गूँज रही है—"आदमी और जगह बदल लेने से जिन्दगी थोड़े ही बदल जाती है..."

(1980)

वाइफ स्वैपी

मेजर अहलूवालिया सुधीश के गोल्फ की तारीफ कर रहे थे, "अब भी खेलता है?"

"फुरसत गोल्फ के मैदान में ही गुजरती है। एक पाँव शिमला में ही रहता है।" वह प्रशंसा को पचा नहीं पाई, अनजाने रूखी हो आई।

मेजर ने खिन्नता को थपकाया।

"भई, पुराना इश्क है, पुरानी शराब-सा।"

जवाब उसके होंठों पर बेचैन हुआ मगर एक लम्बे नि:श्वास में खामोश हो आया। बहुत कुछ ऐसा है जो भीतर उबलता रहता है मगर सुधीश से सामना करने से कतराता है...जरूरत भी महसूस नहीं होती।

"भीतर, बैठक में चलकर बैठें?" उसने आग्रह किया।

मेजर की नजर घाटियों में उलझी हुई थी। घाटियों में सँवला आई साँझ साँकल खटका रही थी और सघन चीड़ों के बाजुओं से एकाएक आजाद हुई हवा में बर्फीला कटाव घुल आया था, जो रह-रहकर सिहरा रहा था।

"चलिए, वरना आपके कुल्फी बनने क़ा अन्देशा है, साहब! मगर एक शर्त पर!" मेजर अहलूवालिया बेतकल्लुफ हुए।

"शर्त, कैसी?" वह हैरत से सिमटी।

"सुधीश की अनुपस्थिति के बावजूद मैं ड्रिंक लूँगा, केवल चाय पर नहीं टलनेवाला।"

भीतर बैठते ही उसने सुखराम से हीटर लगा देने के लिए कहा और अपने लिए शॉल भी मँगवाई।

"क्या बनवाऊँ?" वह मेजर साहब से मुखातिब हुई। उसे नहीं अच्छा लगता सुधीश की गैरहाजिरी में उनके दोस्तों की आवभगत।

"क्या है?"

"मैं नहीं बता पाऊँगी, बाबूराम के जिम्मे है सुधीश का बार!" उसने बाबूराम को पुकारा।

"रम में कांटेसा है?" उन्होंने बाबूराम से पूछा।

"है न, सा'ब।"

"तो, मेरे लिए एक लॉर्ज पेग कांटेसा का, गुनगुने पानी में...और आप?"

"मैं सॉफ्ट ड्रिंक लूँगी!"

"ठंड में सॉफ्ट ड्रिंक! मजाक कर रही हैं! सॉफ्ट ड्रिंक से काम नहीं चलेगा। कांटेसा लीजिए, कांटेसा का पंख की छुअन-सा चढ़ता सुरूर, बात ही कुछ और है उसकी।"

"रम कड़वी लगती है।"

"सुधीश के साथ ली होगी।"

"चलिए, आपके साथ लेकर देख लेते हैं!" अन्दाज भाया उसे।

उन्होंने ही पास खड़े बाबूराम को समझाया, "मेम सा'ब के लिए चिल्ड सोडे में एक पेग कांटेसा!"

"शादी से पहले सुधीश ने बताया था कि उसका ब्याह एक खिलाड़ी सुन्दरी से हो रहा है जो बास्केटबॉल चैम्पियन है। एम आई राइट?"

"जी...कभी थी!" उतरी मुस्कान होंठों पर धकियाती हुई वह उनकी स्मृति पर विस्मित हुई—उन्नीस साल पुरानी बात! उसे खुद ही अब याद नहीं कि वह कभी खेला करती थी और बहुत अच्छा खेला करती थी। सोनू, मोनू जब भी अपनी जीत के प्रशंसा-पत्र और ट्रॉफी उसके हाथों में लाकर थमाते हैं, कहीं किसी फाइल में दबे पड़े उसके अपने प्रमाण-पत्र फड़फड़ाने लगते हैं। जी करता है कि दौड़कर उन्हें निकाल लाए और धूल झाड़ सोनू-मोनू को दिखाए, उन्हें चमत्कृत कर दे...

चिल्ड सोडे की चुनचुनाहट में रम के गहरे घूँट का मौसम ही बदल गया! समझ नहीं पाई, सोडे की पहल है या मेजर साहब के संग-साथ का मनुहार।

"आप नहीं खेलते?" बात कहीं से तो शुरू करनी थी।

"खेलता हूँ।"

"क्या? क्रिकेट, हॉकी, टेनिस, गोल्फ..."

प्रत्युत्तर में बैठक की छत से एक जोरदार ठहाका टँग गया—पत्थर की दीवारों में चकरी-सा भँवर लेता, पलों तक।

वह भौंचक-सी मेजर अहलूवालिया का चेहरा देखती रह गई। क्या कुछ ऐसा-वैसा सवाल कर दिया उसने?

"मैंने कुछ..." अटपटाहट झेली न गई उससे।

"आप भी...भला बताइए, इस उम्र में अब क्रिकेट, हॉकी...? भई, सच तो यह है—बची-खुची जिन्दगी को अलमस्ती से जीना चाहते हैं, उन्मुक्त परिन्दों-से बिचरते हुए, जीवन-रस का घूँट-घूँट पीते हुए...

"और इसके लिए हम दोस्त अकसर नए-नए खेल ईजाद किया करते हैं। पिछले दिनों हमारे विशेष क्लब में जिस खेल की तरंगें तरंगित हो रही हैं, उसे कहते हैं..." मेजर अहलूवालिया ने ठिठककर उसकी आँखों में बटुर आए कौतूहल के चरम को टटोला, "बूझिए तो?"

कन्धे उचका उसने विवशता जाहिर की।

"उसे कहते हैं—'वाइफ स्वैपी'...यानी कि पत्नियों की अदला-बदली। सुना है?"

"नहीं तो!" विचित्र लगा खेल का नाम।

अपने गिलास में लम्बा घूँट भर उन्होंने उसके गिलास पर नजर डाली और उसे ज्यों-का-त्यों पाकर खिन्न हुए—"ठंड में इस कदर ठंडापन बरदाश्त करवाना खूबसूरत साहेब के प्रति ज्यादती नहीं, हिमानी?"

"न, न...ऐसी बात नहीं, सुनने में डूबी हुई हूँ।" गिलास को होंठों से लगा उनके उलाहने के अन्तिम शब्द से उपजी छुअन को भी जबरन घुटका उसने। नाम के कितने चेहरे होते हैं! किसी और के स्वर की हथेली पर ठुड्डी टिका वे कितने अनछुए अर्थों के पृष्ठ खोल बैठते हैं...

"हाँ, तो मैं 'वाइफ स्वैपी' के बारे में बता रहा था। होता यह है कि महीने

के आखिरी शनिवार की शाम हमारे क्लब की प्रतीक्षित, ड्रिंक, डांस, डिनर पार्टी आयोजित होती है। देर रात तक जश्न-ए-हंगामा चलता रहता है, साहब! अन्त में एक बड़े-से बियर जग में चिल्ड बियर की बोतलें उड़ेली जाती हैं। उफनते झाग में सभी सदस्य अपनी गाड़ी की चाबी हौले से बियर जग में पड़ी चाभियों को उलट-पलट मिक्स करते हैं। फिर बारी आती है चाबी उठाने की। कायदा है—जो सबसे पहले चाबी डालेगा वही सबसे पहले चाबी उठाएगा।

"साँस रोके, धड़कते दिलों से हम सभी चाबी उठाने की अपनी बारी का बेसब्री से इन्तजार करते हैं क्योंकि जिस भी गाड़ी की चाभी हमारे हाथ लगेगी, उस गाड़ी के मालिक की पत्नी यानी कि उनकी मल्लिका-ए-आलम हमारी उस खुशनुमा रात की लॉटरी होगी।

"सभी सदस्य चाभियाँ उठा लेते हैं तो मत पूछो, हिमानी! खुशी की चीखों से सारा हॉल गूँज उठता है; मानो उनके हाथ अचानक कोई गड़ा खजाना लग गया हो।

"जाम बनते हैं, 'चियर्ज फॉर वाइफ स्वैपी' के नाम पर टकराते हैं। जाम खत्म होते ही चाभीवाली गाड़ी की मालकिन लजाती-शरमाती आपकी बगल में आकर खड़ी हो जाती है और..."

उसने टोका, "पत्नियाँ आपत्ति नहीं करतीं? भारतीय संस्कार आड़े नहीं आते?"

"नॉट एट ऑल...दे एंज्वाय ईक्वली! हाँ, भारतीय संस्कार आड़े आते हैं, पर तब जब..." सहसा मेजर अहलूवालिया विचारमग्न-से हुए। फिर बोले, "पहली बार का वाकया सुनो, खासा दिलचस्प है!"

"दरअसल, असली खेल वही है जो अकसर हमारे बीच दोहराया जाता है।

"हुआ यों कि चाभियाँ मिलाई गईं और मेरे हिस्से में आई मिस्टर फलाँ की गाड़ी की चाभी। यानी कि बला की साँचे में ढली मिसेज फलाँ! पत्नी के हिस्से में आए मिस्टर फलाँ यानी कि एक उद्योगपति कवि! खैर, वो आलम ही कुछ और था। हम अलमस्त धुनकी में थे और मिसेज फलाँ को अपने हिस्से में पाने की खुशी में अन्धे! ध्यान ही नहीं दिया कि हमारी मेम सा'ब हैं कहाँ। सो हम तो अपनी किस्मत को सलाम ठोंकते गाड़ी ले उड़े। एंड आई रियली टेल यू, हिमानी..." मेजर साहब अपनी सेंध लगाती अर्थपूर्ण मुस्कान को जबरन बन्धक बनाते हुए आत्मविस्मृत-से ठिठके जैसे उन मादक क्षणों में वे एक बार फिर पहुँच

गए हों, "वह एक खूबसूरत रात थी, बेहद खूबसूरत, एक साथ हजारों सितारों की रुन-झुन में डूबी, शी वॉज वंडरफुल! वेरी कोऑपरेटिव।

"हाँ, तो साहब, दूसरा दिन इतवार था। जाहिर है, नींद का कोटा चढ़ती दोपहर तक पूरा होना था। मगर स्वयं रात-भर जागने के बावजूद मेम सा'ब की आँखों में नींद कहाँ!

"दस नहीं बजने दिए और उठाकर बैठा दिया। लाड़ और मनुहारों की तड़ातड़ बौछार के बीच चाय पेश की गई। चाय खत्म होते-न-होते कटाक्षों के तीर छूटने लगे—'क्यों, कैसी कटी रात? कैसा रहा गरमागरम साथ? क्या-क्या किया? बोलो न!'

"जल्दी उठाने का मकसद समझ में आ गया। बड़ा नाजुक मसला था। चेहरे पर लापरवाही का भाव ओढ़ मैंने बीवी को बाजुओं में समेट लिया—'छोड़ो भी! रात गई, बात गई। तुम तो मैडम, अपने नाजुक हाथों से एक प्याला गरम चाय पिलाओ। इस राधेश्याम ससुरे को चाय बनाने तक की तमीज नहीं। लगता है, बिना पानी खौलाए हुए ही पत्ती झोंक देता है।'

" 'ऊँहू! चाय इतनी बुरी भी नहीं बनाता राधेश्याम, जो पी न जा सके।' बीवी जी सीने से चेहरा रगड़ते हुए फुन्नाईं—'बात टाल रहे हो तुम। बताते क्यों नहीं?'

" 'क्यों अच्छी-भली सुबह का जायका खराब कर रही हो!' मिसेज फलाँ की पूनी-सी मुलायम देह की रेशमी रपटन स्मरण करते हुए मैंने सतर्क हो पैंतरा बदला—'सुनो डियर, आइन्दा से हम ऐसी किसी भी बेलज्जत पार्टी में शामिल नहीं होंगे। अपनी तो पुरानी वही ब्रिज मंडली भली।'

" 'मन-मन भावे, मूँड़ी हलावै!' बीवी जी ने चोट खाई नागिन-सी फुफकार छोड़ी—'मिसेज फलाँ की गाड़ी की चाबी हाथ लगते ही तुम खुशी से यूँ उछले थे मानो अन्धे के हाथ बटेर लग गई हो।'

" 'झूठ! यह सच नहीं है!'

" 'यही सच है!'

" 'फिजूल बात का बतंगड़ बना रही हो तुम! धुनकी में थे, सभी खुशी से उछल रहे थे, हम भी उछल लिए होंगे।'

" 'सच कहूँ, अनु...कोई औरत थी जो पल्ले पड़ी! पायरिया है उसे। मुँह

खोलती है कि सीधा गटर से ढक्कन खुल जाता है।'

" 'छोड़ो झाँसे, मुझे बहलाने से रहे तुम।' अविश्वास से पत्नी ने सिर झटका—'मेरी निगाह तो तुम्हीं पर गड़ी हुई थी। भूलकर भी तुमने मेरी ओर नहीं देखा। कैसी बेशर्मी से फलाँ की कमर में हाथ डाल चल दिए थे तुम!'

"पैंतरे को कुछ और तराशने की कोशिश की मैंने। पत्नी के रेशमी बालों को उँगलियों से उलझाते हुए बोला, 'प्लीज अनु, समझने की कोशिश करो। कभी झूठ बोला है तुमसे, जो अब बोलूँगा? मानता हूँ, सभी कहते हैं—मिसेज फलाँ बला की खूबसूरत हैं। होंगी! मुझे नहीं लगतीं। लाख भौंहें नुचवा वे अपने नख-शिख तीखे कर लें, चेहरे पर तुम-सा सलोनापन कहाँ से लाएँगी!'

" 'वो तो तुम एकदम सही कह रहे। वाकई अचरज होता है यह देखकर कि उनके क्लब में दाखिल होते ही सारे मर्द बीवियों को छोड़ उनके इर्द-गिर्द मक्खियों-से भिनकने लगते हैं। आखिर है क्या उस घमंडिन में—सिवाय एक गोरी चमड़ी के?'

" 'बिलकुल सही।' चैन की साँस ली मैंने।

" 'तोऽऽ...कुछ नहीं किया?'

" 'फिर-फिर वही सवाल!' मन किया उसे परे धकेल धाड़ से कमरे से बाहर हो जाऊँ। मगर यह सोचकर गम खा गया कि धैर्य छोड़ना विष-बीज की जड़ें सींचना होता, बोला—'कुछ नहीं।'

" 'फिर रात-भर करते क्या रहे?'

" 'बातें। वह अपने विद्यार्थी जीवन के रस-भरे किस्से सुनाती रही और मैं सुनाता रहा अपनी-तुम्हारी मोहब्बत की छुपा-छुपौवल!'

" 'हाथ-वाथ भी नहीं पकड़ा? किस-विस...'

" 'इतना हिम्मती मैं नहीं हूँ कि तुम्हारे अलावा किसी और को छू भी सकूँ।'

" 'फिर झूठ!'

" 'नहीं सच, एकदम सच।'

" 'खाओ मेरी कसम!'

" 'तुम्हारी कसम।'

" 'ऊँहऽ ऐसे नहीं...मेरे सिर पर हाथ रखकर कहो।'

" 'तुम्हारी कसम!' मैंने उसके सिर पर हाथ रख दिया। उसके चेहरे पर आश्वस्ति कौंधी।

"अब मैंने उसे कुरेदा—'हमारा हालेदिल तो पूछ लिया, जनाब आपने! कुछ अपने बारे में भी बताइए। कवि के साथ कैसी मस्ती मारी?"

" 'माय गॉड!' खिन्नी के धोखे में मुँह आई निबौरी-सा पत्नी ने कड़वा मुँह बनाया—'वो आदमी है कि पायजामा! जानते हो, कहाँ ले गया मुझे? मौर्या शेरेटन। ऐसी सहमी हुई थी कि उसकी गाड़ी में पाँव देते ही सीधा हनुमान चालीसा का जाप शुरू कर दिया। क्षमा माँगी। रावण हर के नीचे ले जा रहा है, सीता माता स्वेच्छा से न जा रही होती तो उसकी गाड़ी में चढ़ने से मना न कर देती! कैसे मना करती? पति-इच्छा को जो अपनी इच्छा बना लिया था! सतीत्व का धर्म, उसका धर्म। सो मन-ही-मन प्रभु को पुकारा। ऐसा चक्कर चलाओ प्रभु कि पति की इच्छा भी पूरी हो जाए और सतीत्व का सत भी न टूटे। प्रभु ने फौरन मंत्र दिया। कवि की कविताओं की प्रशंसा शुरू कर दो। सब भूल चित-पट्ट हो जाएगा। वही किया, हनुमान चालीसा पूरा करते ही कवि की कविताओं की प्रशंसा शुरू कर दी। विभोर कवि महाशय आनन-फानन में आत्म-इतिहास के गलियारों में प्रविष्ट हो गए। पहली कविता कब कैसे लिखी गई और कब कहाँ पढ़ी, छपी, सराही गई—ब्यौरेवार बताने लगे। बस फिर क्या था, द्रौपदी की चीर-सी असमाप्त कविताएँ सुबह पाँच बजे तक सस्वर पाठ होती रहीं। रात बीत गई।'

" 'घर छोड़ने आए तो अश्रु-विह्वल थे। बोले, जीवन-संगिनी को तुम-सी चुटकी-भर भी रसज्ञता मिली होती तो मेरा कवि-कर्म सार्थक हो गया होता।'

"मैंने ताली बजाई, 'वाह भई, वाह! कवि के साथ जुगलबन्दी में तुम भी किस्से-कहानी के फन्दे बुनने लगी? कोई विश्वास करेगा! वह साआला घाघ है, घाघ! औरत देखते ही बिना मुँह खोले लार टपकने लगती है उसकी। बड़े दिनों से मौके की ताक में था—कब खेल शुरू हो और हरामजादे को मेरी गाड़ी की चाभी हाथ लगे।'

" 'आई स्वेर...कुछ नहीं किया उन्होंने। कुछ करना भी चाहते तो मैं इतनी गिरी हुई नहीं कि उन्हें करने देती।"

" 'झूठ! गाड़ी की चाबी हाथ लगते ही पट्ठे ने लपककर तुम्हारा हाथ नहीं चूम लिया था?'

" 'हाँअऽ...बस इतना-भर ही।'

" 'मेरी आँखों में देखकर कहो, चुम्बन-शुम्बन भी नहीं लिया उसने और...'

" 'और क्या?'

" 'झूले नहीं डले? पींगें-शींगें...'

" 'छिह, कैसी बेहूदा बातें कर रहे हो! तुम्हारे अलावा किसी और का स्पर्श भी बरदाश्त नहीं मुझे।'

" 'यानी...कुछ नहीं हुआ?'

" 'कुछ नहीं...'

" 'रखो मेरे सिर पर हाथ और खाओ कसम अपने सुहाग की कि तुमने उस गैंडे को कुछ नहीं...'

" 'सुहाग की कसम!' बेहिचक पत्नी ने हाथ मेरे सिर पर रख दिया।"

वाक्य पूरा होते ही अचानक बैठक की छत से एक और छत-फोड़ ठहाका टँग गया। बड़ी देर तक झूलते झूमर-सा झूलता रहा, झूलता रहा...

फिर अस्फुट-से स्वर में शेष हँसी को कंठ में भींचते हुए-से बोले, "सिर पर हाथ तो रखवा लिया था मैंने, हिमानी! पर मन-ही-मन चौकन्ना हुआ। 'कहीं तुमने भी सिर पर हाथ रखकर कसम वैसे ही तो नहीं खाई जैसे मैंने खाई थी?' हाथ तो रख दिया था उसके सिर पर लेकिन ईश्वर से क्षमा माँगते हुए कि यह जो कसम मैं खा रहा हूँ, उसकी सुख-शान्ति के लिए खा रहा हूँ, कि अगर मैंने उससे सच्चाई कबूल दी तो सारी आधुनिकता के बावजूद हमारी जिन्दगी निश्चित ही नरक हो उठेगी।"

बाबूराम को पुकारकर मेजर ने अपने लिए एक और लॉर्ज पेग बना लाने के लिए कहा, फिर उसकी ओर झुककर पूछा, "हिमानी, आप..."

इनकार में उसने सिर हिला दिया, "यही ज्यादा लग रहा।"

उन्होंने कुर्सी के हत्थे से टिकी उसकी निश्चेष्ट औंधी हथेली पर अपनी हथेली रख दी, "देखो हिमानी, साथ दिया है तो साथ देना होगा। अच्छे खिलाड़ी बीच मझधार में चप्पू नहीं फेंकते।"

उनकी हथेली की गिरफ्त में उसकी हथेली चीड़ के डोरिहा पत्तों-सी थर्राई!

(1982)

जरिया

आखिरी नम्बर घुमाते ही कान चोंगे से सट जाते हैं। घंटी बज रही है। 'हलो' भी होने लगी। निगम 'हलो' को बहुत खींचते हैं मगर प्रत्युत्तर में वह कुछ खींचती-सी खामोश हो आई। यूँ...यूँ...मजा नहीं आएगा। फोन उसके चेहरे पर थिरकते इन्द्रधनुष को अभिव्यक्त नहीं कर पाएगा। उसकी उत्तेजक खुशी मात्र सूचना बनकर रह जाएगी।

"हलो..." कई बार खिंची, फिर वहीं से फोन रख दिया गया।

धैर्य से शाम होने की प्रतीक्षा करेगी। समय ही कितना है। कलाई पलटकर देखा तो तसल्ली हुई कि ठीक डेढ़ घंटे बाद निगम घर में होंगे। तब तक रसोई का काम निबटा लेती है ताकि उनके आने पर फुरसत से बैठ सके। बच्चों की आदतें भी बड़ी अजीब हैं। उसे फुरसत से बैठा-बतियाता नहीं देख सकते। ठीक उसी समय उन्हें या तो भूख लग जाएगी या हिन्दी का गृहकार्य याद आ जाएगा, या कान-पेट में दर्द होने लगेगा। आज उन्हें कोई ऐसा मौका नहीं देना चाहती जिससे उसके अपने समय में व्यवधान पड़े। चुलबुली बिटिया के कोड शब्दों में कहें तो आज मौसम अच्छा है और वह अपनी तरफ से निगम के लिए ड्रिंक की ट्रे तैयार कर सकती है। वे अगर बहुत दबाव डालेंगे तो स्वयं भी दो चम्मच ब्रांडी थम्सअप में ले लेगी। हालाँकि निगम उसके ऐसे साथ देने का उपहास उड़ाने से नहीं चूकते—"इससे तो बेहतर है कि सादे पानी का गिलास ही साथ लेकर बैठ जाओ।"

रसोई से भी निपट गई। बच्चों से भी पूछ लिया कि अगर हिन्दी का गृहकार्य

करना है तो वह उन्हें लेकर अभी इसी वक्त बैठ सकती है। बच्चों ने उसे अचरज से देखा—"कहीं जाना है, अम्मा?" (उसने बच्चों को 'अम्मा' कहना ही सिखाया है) उसने अस्वीकार में सिर हिलाया। मन में इच्छा कुलबुलाई कि उन्हें आज की तत्परता का कारण बता दे। फिर भी लगा कि जब इतनी देर से धीरज गँठियाए बैठी है तो कुछ देर सब्र और सही।

ठीक सवा छह पर वह लिफ्ट से लगे गलियारे में मन्द-मन्द मुदित-सी आकर टहलने लगी। बच्चे नीचे क्लब में टेनिस खेलने उतर गए हैं। एकाएक मोटर साइकिल का चिरपरिचित कर्णभेदी शोर कानों में पड़ा। होंठों पर स्मित दौड़ गया। वह टहलते हुए अनुमान लगाने लगी कि अब निगम ने बेसमेंट में गाड़ी पार्क की, अब लिफ्ट में दाखिल हुए, अब लिफ्ट ऊपर सरकने लगी है। वह लिफ्ट के सामने आ खड़ी हुई। सूचनापट्ट पर अंक गुलाटी खा रहे हैं—छह, सात, आठ, नौ, दस, ग्यारह...'हिच' करती लिफ्ट ठहर गई है। स्वचालित दरवाजे धड़धड़ाते-से खुलने लगते हैं।

हैलमेट और बैग थामे बाहर होते निगम उसे सामने पा विस्मित हो पूछते हैं—"मामला क्या है, जनाब?"

वह इतराती-सी लम्बी साँस भरती है—"मामला, टोस्ट होगा तभी बताया जाएगा।"

"तब तो लॉटरी खुल गई अपनी!" उत्साहित हो निगम उसे कन्धों से जकड़ लेते हैं।

कमरे में प्रवेश करते ही वे बाथरूम की ओर बढ़ लेते हैं—"फटाफट आया कपड़े बदल के।"

वह रसोई में आकर ड्रिंक की तैयारी करने लगती है। कुढ़कर सोचती है, निगम ने बिलकुल उत्सुकता नहीं दिखाई। वे उत्साहित और खुश हो रहे हैं तो केवल इस बात से कि आज उन्हें पीने की छूट होगी। क्यों नहीं पूछा उससे कि आखिर बात क्या है? वह इतनी आनन्दित और उदार क्यों हो रही है? पता नहीं वे किसी अवसर को विशिष्ट क्यों नहीं कर पाते! वह बहुत भावुक है। उनकी तटस्थता ने सारा मूड चौपट कर दिया। खैर, जानती है कि यह कोई आज की ही बात नहीं है। कुछ कहने-सुनने से भी फर्क पड़नेवाला नहीं। फिर आज वह किसी

भी तरह का झिक-झिक नहीं चाहती। छोटे-छोटे मनमुटावों और असहमतियों से यह उपलब्धि बहुत ऊँची है।

"चियर्स!" उसने भी हाथ ऊपर उठा दिया—"मैं आज बहुत खुश हूँ।"

"लेकिन किसलिए?"

"मेरी कहानी पर दूरदर्शन से फिल्म बनाने का प्रस्ताव प्राप्त हुआ है, इसलिए।"

"क्या!" और क्षणांश वह उन्मादी गिरफ्त में सिमट गई।

अब लगा कि वाकई 'चियर्स' हुआ है।

छूटी तो दौड़कर पत्र उठा लाई और उतावली-सी उन्हें पढ़कर सुनाने लगी कि 'राष्ट्रीय नाट्य विद्यालय के एक भूतपूर्व छात्र विवेक बत्तरा—जो स्वयं रंगमंच के अनुभवी रंगकर्मी हैं और कई बहुचर्चित नाटकों को निर्देशित ही नहीं, अभिनीत भी कर चुके हैं—दिल्ली दूरदर्शन के लिए एक फिल्म बनाने की सोच रहे थे। फिल्म का विषय चुनने की समस्या से अरसे तक उलझे रहने के पश्चात संयोग से उन्हें किसी ने उसकी विवादास्पद कहानी 'यही जवाब है' के विषय में सुझाया। कहानी पढ़ते ही वे अभिभूत हो उठे। तत्काल अपने सहकर्मियों से मिले। उन्हें एक बैठक में कहानी पढ़कर सुनाई। कहानी के चुनाव पर सभी मित्र मुक्तकंठ से एकमत हुए। मित्रों द्वारा कहानी पर सहमत होते ही विवेक बत्तरा ने दूरदर्शन अधिकारियों को भी कहानी पढ़ने को दी। इत्तिफाक से दूरदर्शन की सुप्रसिद्ध निर्देशिका अमला भटनागर को कहानी बहुत पसन्द आई। वे चाहती हैं कि फिल्म का निर्देशन और निर्माण वे स्वयं करें। विवेक बत्तरा मात्र फिल्म की पटकथा एवं संवाद लिखें और कहानी के एक केन्द्रीय चरित्र, नपुंसक पति की अन्तर्द्वन्द्व वाली भूमिका निबाहें। विवेक बत्तरा को इस प्रस्ताव पर कोई आपत्ति नहीं है। बस जल्दी-से-जल्दी वह 'यही जवाब है' के फिल्मीकरण की अनुमति भिजवा दे, ताकि वे कहानी पर आधिकारिक रूप से काम आरम्भ कर सकें।'

"वाह! वाह!...तुम्हारी तो पौ बारह!" निगम ने पुन: अपने अन्दाज में लड़ियाकर उसे बधाई दी और कहा, "कमाल तो देखो, तुम रहती हो फिल्म नगरी मुम्बई में पर इधर किसी ने तुम्हारी कहानियों को घास नहीं डाला। इसी को कहते हैं, घर का जोगी जोगड़ा, आन गाँव का सिद्ध!"

"यहाँ हिन्दी पढ़नेवाले हैं ही कितने!" उसने तुनककर बात काटी।

"यह भी ठीक है। चालू अँग्रेजी उपन्यासों से तो प्लॉट मार-मारकर फिल्में बनाते हैं। ये क्या जानें।" निगम ने खुश करने की बात बनाई कि तभी 'पियू-पियू' लगातार बजती घंटी ने उन्हें खामोश कर दिया। वह भन्नाती-सी उठी कि बच्चों की यही हरकत रही हर रोज इतनी तो कीमती घंटी जलकर रहेगी। सब्र नाम की तो चीज ही नहीं है उनमें। चाहे जितना समझाओ-बुझाओ मगर वही ढाक के तीन पात। सहन में पहुँच ही रही थी कि सहसा अपना गिलास याद आया। वापस कमरे की ओर पलटी और निगम को इशारे से समझाया कि बच्चों के कमरे में दाखिल होने से पहले वे उसका गिलास कहीं आड़ में कर दें...

डेढ़ महीने से निरन्तर उसके और विवेक बत्तरा के मध्य 'यही जवाब है' की प्रगति के सन्दर्भ में पत्र-व्यवहार जारी है। विवेक ने कहानी में कुछ मामूली परिवर्तनों की अनुमति चाही थी और अपने सुझाव भेजे थे कि क्या उन सुझावों से कहानी की मूल धारा को किसी प्रकार की ठेस लगती है?

उसे सुझाव बुरे नहीं लगे थे। इतना अन्दाजा तो उसे भी था कि उसने कहानी चाक्षुष की दृष्टि से तो लिखी नहीं थी, अत: फिल्मीकरण के लिहाज से उसमें कुछ परिवर्तन अपरिहार्य हैं; और जो सुझाव विवेक ने उसे प्रेषित किये हैं, वे निश्चित ही कहानी की बुनावट को नाटकीय गतिशीलता प्रदान करेंगे। उसने जवाब भेज दिया था कि उसे परिवर्तनों पर कोई आपत्ति नहीं है।

विवेक ने यह सूचित किया कि स्क्रिप्ट लगभग पूरी होने जा रही है और वह अविलम्ब उसे अमला जी को सौंप देगा। जहाँ तक पटकथा का मामला है, अमला जी ने गहरी दिलचस्पी के साथ कई बैठकों में उसे सुना है और कई दृश्य-बन्धों को सुनकर बहुत सराहा है।

किन्तु आज जो पत्र आया है उसमें विवेक ने उसे अगले सप्ताह अपने मुम्बई आने की सूचना भेजी है। बहुत भावुक होकर लिखा है कि मुम्बई के एक सुप्रसिद्ध निर्माता, जो पिछले दिनों अपनी नई फिल्म के प्रीमियर के अवसर पर दिल्ली आए हुए थे, अपने एक वितरक मित्र के साथ अचानक उसका चर्चित नाटक 'घासीराम कोतवाल' देखने श्रीराम सेंटर पहुँच गए। नाटक में कोतवाल के रूप में वह उसके जीवन्त अभिनय को देखकर इस कदर अभिभूत हुए कि

शो खत्म होते ही सीधा ग्रीनरूम में पहुँच गए और उसे गले लगाकर निस्संकोच बोले कि क्या वह फिल्मों में काम करना पसन्द करेगा?

"बशर्ते भूमिका चुनौतीपूर्ण हो।" उसका उत्तर था।

ठीक हफ्ते-भर बाद वह निर्माता की ओर से प्रस्ताव पाकर स्तम्भित रह गया जिसमें उन्होंने उसे लिखा था कि वह फलाँ-फलाँ तारीख को स्क्रीन टेस्ट के लिए मुम्बई पहुँच जाए। अगर वह स्क्रीन टेस्ट में उत्तीर्ण हो गया तो निश्चय ही वह उनकी अगली फिल्म में महत्त्वपूर्ण भूमिका निभा रहा है।

विवेक बहुत खुश है कि उसे इतने बड़े निर्माता की ओर से स्वयमेव प्रस्ताव प्राप्त हुआ। उसकी ओर से न कोई जद्दोजहद हुई, न तिया-पाँचा, न प्रयोजनात्मक घेरा-घेरी। जबकि उसके रंगकर्मी मित्र, फिल्म के प्रीमियर या फिल्म को करमुक्त कराने के उद्देश्य से दिल्ली प्रवास पर आए निर्माता-निर्देशकों की टोह में ही रहते हैं ताकि वे उन्हें अपने नाटकों में आमंत्रित कर उनकी प्रतिभा-पारखी दृष्टि-तले अपना सिक्का जमा सकें। संयोग से अब तक उनके मनसूबे फलीभूत नहीं हो पाए। वह सचमुच भाग्यशाली है कि किस्मत स्वयं उसके भाग्य-कपाट पर दस्तक दे रही है। लेकिन बावजूद इसके वह चिन्ताग्रस्त है कि मुम्बई तो वह किसी प्रकार पहुँच ही जाएगा परन्तु उस मायावी नगरी में आवास की कठिनाई से कैसे निपटेगा। न वहाँ उसका कोई आत्मीयजन है, न परिचित। वैसे राष्ट्रीय नाट्य विद्यालय के कुछ भूतपूर्व छात्र जरूर हैं फिल्म जगत में मगर फिल्मों में प्राप्त अप्रत्याशित सफलता ने उनके दिमाग चढ़ा दिए हैं। उनसे किसी प्रकार की सहायता की उम्मीद व्यर्थ है। वह स्वाभिमानी भी कम नहीं। रहने का कोई उचित प्रबन्ध नहीं हो पाया तो वह अवसर खो देना मुनासिब समझेगा, बनिस्बत उनके दरवाजे खटखटाने के।

दरअसल उनकी मानसिकता द्वेषी, स्वार्थी, व्यक्तिवादी और होड़वादी हो गई है। वे नहीं चाहते कि फिल्मों में उनके मुकाबले अन्य छात्र भी सफल हों। ये वो लोग हैं जो रंगमंच के प्रति प्रतिबद्ध होने का दम्भ भरते थे और फिल्मों में जाने तक यह वक्तव्य पीटते रहे कि अगर वे फिल्मों में गए तो मंच और फिल्मों के बीच सन्तुलन बनाए रखना उनका मुख्य उद्देश्य होगा। इस परिप्रेक्ष्य में वे कितने बेपर्द हो चुके हैं, वह अनभिज्ञ नहीं है। अब तो किसी नाटक में बतौर दर्शक अपनी उपस्थिति ही उन्हें रंगकर्म में बहुत बड़ा योगदान प्रतीत होती है।

खैर, उसे क्या! उनकी वे जानें। उसे तो मात्र हफ्ते-भर के लिए रात गुजारने की जगह चाहिए। दिन तो स्टूडियो की खाक छानते बीत जाएगा।

अड़चनें कई हैं। जिस प्रतिबद्धता से वह मंच से जुड़ा रहा है उसमें अर्थोपार्जन की बात तो दूर, कई दफे मंच की खातिर 'श्रीराम सेंटर' का किराया भरने के लिए भी दोस्तों के चन्दे पर निर्भर करना पड़ता है। फिर वह किसी सामान्य-से होटल में भी, जिसका किराया पचास-साठ रुपये प्रतिदिन होगा, कैसे रहने की सोच सकता है? इस वक्त दिमाग सिर्फ परेशान है, सिर्फ परेशान। कुछ सुझाई नहीं दे रहा। पता नहीं क्या सोचकर उसे इतना सब लिख गया है। शायद यही सोचकर कि एक संवेदनशील रचनाकार का मन किसी रंगकर्मी के संघर्ष की त्रासदी महसूस कर सकेगा।

इस लम्बे खत से गुजरते हुए वह गहरी सोच में डूब गई...

विवेक बत्तरा निस्सन्देह भाग्यशाली है कि अनायास भाग्य-लक्ष्मी उसके कैरियर के बन्द कपाटों पर दस्तक देने स्वयं उस तक चलकर आई है। अड़चनें भी अपनी जगह हैं। हिन्दी रंगमंच को अभी अपने पाँवों पर खड़ा होना बाकी है। विवेक जैसे संघर्षशील युवक उसे आत्म-सक्षम बनाने के लिए कृत-संकल्प हैं। वह पूरी ईमानदारी से उसकी मदद करना चाहती है; पर कैसे?

शाम को उसने निगम के समक्ष विवेक की समस्या रख दी। पर उन्हें विशेष दिलचस्पी न दिखाते वह तुनक उठी कि अगर उन्हें किसी सस्ते-से होटल या गेस्ट हाउस की जानकारी नहीं है तो क्या वे अपने किसी कुँवारे दोस्त के साथ कुछ दिनों उसे नहीं टिका सकते? निगम सुनकर बिगड़ उठे, "कैसी वाहियात बातें कर रही हो! तुम समझती नहीं ऐसे मसलों को। एक बार हमने उनके प्रति जिम्मेदारी दिखा दी तो हमेशा के लिए मुसीबत गले पड़ जाएगी। वो आ रहे हैं, उनके लिए होटल ढूँढ़ो साहब! उन्हें जाना है, टिकट आरक्षित करवा दो। इसे सूचना दो, उसे खबर कर दो। सारे काम-धाम छोड़कर यही लफड़े पालते रहो। छोड़ो ये पचड़े। उनकी मुसीबत है, वे झेलें। समझी।"

उसे निगम बेहद स्वार्थी, संकीर्ण और अपने से ईर्ष्या करते हुए महसूस हुए। बोले बिना नहीं रह पाई, "तुम सुविधाभोगी इंजीनियर हो न! तुम्हारे पास रचनाकार का संवेदनशील हृदय कहाँ कि जो दूसरों की परेशानी और पीड़ा को महसूस कर सको। आखिर विवेक बत्तरा हमारा क्या लगता है जो मेरी कहानी पर ही फिल्म बनाए? कहानियों का अकाल तो नहीं पड़ा है!"

"बेवकूफी-भरे तर्क मत दो। कहानी उसने स्वयं चुनी। तुम उसके पास दौड़ी नहीं गई थी।"

"ठीक, मैं दौड़ी नहीं गई थी; लेकिन फिर भी यह कोई मामूली बात तो नहीं? मेरे लेखन-कैरियर में यह कितना प्लस-प्वाइंट होगा, यह सोच पा रहे हो तुम? अगर आज वह कहानी दूरदर्शन पर प्रस्तावित कर सकता है तो भविष्य में अगर वह फिल्मों में सफल हो गया तो निर्माता-निर्देशकों को भी मेरा नाम सुझा सकता है।"

निगम हठात कलह से सावधान हुए। सारी गम्भीरता और खिन्नता झाड़कर हँस पड़े—"माय गॉड, तुम तो बड़ी दूरदर्शी हो गई हो! एकदम बनिया!" फिर हथियार डालनेवाले अन्दाज में बोले, "ठीक है, देखता हूँ, क्या हो सकता है!"

वह आश्वस्त हो रसोई में व्यस्त हो गई। हाथ चलते रहे पर दिमाग उधेड़-बुन में लगा रहा। निगम समझ नहीं रहे, न बात की गहराई महसूस कर रहे हैं। कितनी ईर्ष्या होती है उसे, जब वह दूरदर्शन पर किसी लेखक या लेखिका की फिजूल-सी कहानी का नाट्य रूपान्तरण देखती है या पढ़ती है कि फलाँ-फलाँ लेखक की फलाँ कहानी पर फिल्म बन रही है। खूब सोचती है कि भला ऐसा क्या है उस कहानी में? ऐसी तो उसने बीसियों कहानियाँ लिखी हैं। पर सच्चाई तो यह है कि नाटक हो या सिनेमा, इन जगहों में तब तक बात नहीं बनती जब तक वहाँ अपने लोग बढ़ावा देनेवाले न हों। विवेक इस दिशा में बड़ा उपयोगी सिद्ध हो सकता है। और उस छद्म लेखकीय स्वाभिमान की भी रक्षा कर सकता है जिसके चलते लेखक यह तो चाहता है कि उसकी कहानियों पर धड़ाधड़ फिल्में बनें, नाटक हों; किन्तु इस आक्षेप से बरी रहे कि वह स्वयं गरजू है और निर्माता-निर्देशकों के चक्कर लगाता रहता है। विवेक के मुम्बई आने पर वह अपनी कुछेक कहानियाँ भी उसे पढ़वाएगी जिन पर बेहतर नाटक की सम्भावना तो है ही, सफल मनोवैज्ञानिक कला फिल्म भी बन सकती है। मगर यह तभी सम्भव है जब उनके दरमियान सम्बन्ध बनें—और सम्बन्ध एक-दूसरे की जरूरत पर खड़े होने से ही अन्तरंग हो सकते हैं। उसकी सफलता भी सन्दिग्ध नहीं है। गत वर्षों में राष्ट्रीय नाट्य विद्यालय के जो भी छात्र फिल्मों में आए हैं, रातोरात सफलता की चोटी पर जा बैठे हैं।

इतनी झिक-झिक में क्यों पड़ी है? क्यों नहीं उसे अपने यहाँ ही टिका लेती? लेकिन...लेकिन-वेकिन कुछ नहीं। इन्हीं लेकिन-वेकिन के चक्कर में अच्छे-

खासे सुअवसर हाथ से छिटक जाते हैं। फिर बिसूरती बैठती है कि फलाँ लेखक का यह हो रहा है, वह हो रहा है, वह कहीं-की-कहीं पड़ी हुई है...
बसन्त पंचमी की तारीख हफ्तों उसके घर पर टिकी रही...

विवेक हफ्ते-भर के लिए आया था। तकरीबन महीने-भर तक उनके साथ रहा। हर दूसरे-तीसरे रोज कहानी पर उनकी बैठक होती। कहानी के कुछ अंश वह पात्रों में गहरे डूबकर इस हाव-भाव के साथ सुनाता कि उसकी आँखों के समक्ष दूरदर्शन का परदा खिंच जाता और परदे पर थिरकते दृश्य। उन दृश्यों से जुड़ी दर्शकों की भाव-विभोर भीड़। बधाइयों की चिट्ठियों का लगता अम्बार...

उसके रहते घर पर वातावरण इतना रचनात्मक हो उठा था कि उसे लगने लगा था कि वह अपने-आपको मात्र कहानियों तक ही सीमित न रखे, नाटक विधा पर भी काम करे। उसमें सामर्थ्य है। उसके पास जबरदस्त दृश्यकरण की क्षमता है जो नाटक लेखक एवं फिल्म लेखक के लिए विशेष महत्त्व रखती है। हिन्दी में तो अच्छे नाटकों का अभाव ही है। यूँ तो नाटक प्रसाद ने भी लिखे, सेठ गोविन्ददास ने भी लिखे; पर वे मंच के लिए सर्वथा अनुपयुक्त हैं। इधर हिन्दी के कुछ शीर्षस्थ कथाकारों ने इस दिशा में संयुक्त प्रयास आरम्भ किया है—नाटककारों के साथ बैठकर, मंच की तकनीकी जानकारी से विज्ञ हो नाटक लिखने का। परिणाम उत्साहवर्द्धक है। मन्नू भंडारी के 'महाभोज' के विषय में उसने सुना ही होगा। विवेक ने जैसे उसके सामने चुनौती रखकर कहा, "बताइए, आपके लिए कोई मुश्किल है?"

"है।" उसने अपनी लाचारी प्रकट की कि चूँकि वह मुम्बई में रह रही है जहाँ मराठी मंच जितना समृद्ध है हिन्दी उतना ही अविकसित, उसे ऐसा सुअवसर प्राप्त होने से रहा।

"मैं आपकी मदद कर सकता हूँ।"

उसकी आँखों में प्रश्न खिंच आए—"कैसे?"

"आप पहले नाटक का कोई समस्यामूलक विषय चुन लीजिए। फिर उस पर काम शुरू कर दीजिए। सम्भवत: महीने-डेढ़ महीने बाद मेरा पुन: आना होगा। तब हम लोग विषय पर आठ-दस बैठकें कर डालेंगे। ठीक?"

"ठीक!" उसने सोत्साह खिलकर कहा।

जादू का-सा असर हुआ उस पर कि उसने अपने नए उपन्यास पर बैठना

कम करके एकाएक नाटक पर काम शुरू कर दिया। पन्द्रह दिन में एक साधारण रूप-रेखा तैयार हो गई। निगम को पढ़कर सुनाया तो प्रतिक्रिया में उन्होंने आड़े हाथों लिया—"मैं विषय से सहमत नहीं हूँ। शोषण की बात उठाना आम फैशन हो गया है लेखकों में। मध्यवर्गीय सम्पन्नता में हाथ धोने की ख्वाहिश रखते हुए सर्वहारा वर्ग की खोखली चिन्ता? तुम मध्यवर्गीय पाखंडों को अपना विषय क्यों नहीं बनाती? कम कहने के लिए है वहाँ? हाँ, मगर साहित्य में आजकल वह फैशन में नहीं है, यह और बात है। बहरहाल, मुझे नहीं जम रहा मामला।"

वह उनकी दो-टूक प्रतिक्रिया से आहत हो आई—"तुम पूर्वग्रह से भरकर बात कर रहे हो।"

वे गुर्राए—"मैंने वही कहा जो मुझे लगा। सच्चाई सुनकर तिलमिलाहट होती है तो मुझसे पूछती क्यों हो?"

"पूछने का तात्पर्य यह नहीं है कि तुम मेरी नीयत पर आक्षेप लगाओ!"

"ठीक है, तो फिर यही समझ लो कि मुझमें नाटक की समझ नहीं! अच्छा होगा कि तुम अपने गुरु विवेक को प्रति भेजकर उसका मत जान लो।"

"जलो-भुनो।" वह मन-ही-मन तैश से ऐंठी। यह कोई जवाब है। मगर तर्क-वितर्क व्यर्थ है। निगम का खूँटा जहाँ गड़ जाता है, टस-से-मस नहीं होता। उसे परवाह भी नहीं, पर असहमति के बावजूद उसे उनका यह परामर्श जरूर पसन्द आया कि वह प्रतिक्रिया हेतु प्रतिलिपि विवेक को भेज दे। इधर वह उसे खत लिखना भी चाह रही है। उसे वापस लौटे महीना-भर से ऊपर हो रहा है किन्तु न अब तक उसका कोई खत आया, न दूरदर्शन से अनुबन्ध-पत्र जिसके विषय में वह आश्वस्त करके गया था कि पहुँचते ही उसके पास अविलम्ब भिजवाएगा।

विवेक नहीं समझ सकता कि रोजाना की डाक उसके लिए इसलिए फिजूल हो उठती है कि उसमें कोई सरकारी खाकी लिफाफा नहीं होता। उसकी मनोदशा ठीक खिसियाई बिल्ली-सी हो गई है।

जवाब आने में ज्यादा समय नहीं लगा। पत्र क्या था, परेशानी, दुःख, क्षोभ, संकोच और शर्मिन्दगी का पुलिन्दा कि उसके सारे परिश्रम पर पानी फिर गया। दूरदर्शन के अधिकारियों ने फिल्म की स्क्रिप्ट अस्वीकार कर दी है। उनका तर्क है कि कहानी के केन्द्रीय चरित्र माँ का आचरण अत्यन्त व्यावसायिक है जो माँ

की हमारी पारम्परिक छवि को ठेस पहुँचाता है। हमने उन्हें सन्तुष्ट करने की बहुत कोशिश की मगर वे अपनी लचर दलीलों से चिपके बैठे हैं। निर्देशिका अमला जी भी बेहद दु:खी हैं। कम वक्त नहीं जाया किया उन्होंने हमारे साथ। घंटों संग बैठी एक-एक दृश्य सुनती रही हैं।

बहुत अरसे से आपको लिखने की सोच रहा था लेकिन आप मेरी पस्त मन:स्थिति का अन्दाज लगा सकती हैं। क्षमा-याचना के लिए भी तो आदमी को हिम्मत चाहिए।

पत्र के साथ नाटक पर विस्तृत प्रतिक्रिया भी नत्थी थी; किन्तु उसे पढ़ने की इच्छा ही नहीं हुई। दूरदर्शन के अधिकारियों पर रोष उबल पड़ा—टुच्चे और कमअक्ल लोग। वातानुकूलित कमरों में बैठे हुए उन्हें साहित्य की समझ है? मशीनीकरण के इस युग में निस्स्वार्थ रिश्तों के मध्य तेजी से व्यापते व्यवसायीकरण का एहसास है? औरत का मानसिक धरातल जिस संक्रमण से क्षत-विक्षत हो अपने अस्तित्व की पहचान के लिए संघर्षरत है, इसकी जानकारी है?

वह उन्हें नहीं छोड़ेगी। मगर लिखे तो कहाँ और किसे? सहसा एक सूत्र हाथ आया—मुम्बई दूरदर्शन से उसे दिल्ली दूरदर्शन का पता आसानी से प्राप्त हो सकता है।

आक्रोश से थर्राती उँगलियाँ टेलीफोन पर नम्बर घुमाने लगीं। उधर से 'हलो' होते ही अपनी उत्तेजना को भरसक संयत कर उसने दिल्ली दूरदर्शन का पता माँगा। पता प्राप्त कर तुरन्त अपनी मेज़ पर जा बैठी और अपनी कहानी 'यही जवाब है' का हवाला देते हुए अधिकारियों की दुर्नीति और अविवेकपूर्ण निर्णय को चुनौती देती लिखने लगी कि जिन वजहों से उन्होंने उसकी कहानी पर नैतिक आपत्ति प्रकट की है, वह उनकी संकीर्ण मनोवृत्ति और अपरिपक्व दृष्टिकोण का परिचायक है। मनोविश्लेषणात्मक चरित्रों को समझ सकने की न तो उनमें मनोवैज्ञानिक दृष्टि है, न साहस। क्यों वे वक्त के परिवर्तनों को स्वीकार नहीं कर पा रहे हैं? औरत की कैसी छवि वे दूरदर्शन पर दिखाना चाह रहे हैं? वे मातृत्व सम्बन्धों पर हावी हो रही अर्थलोलुपता को दिखाना पारम्परिक मर्यादा के खिलाफ कदम मानते हैं पर आए दिन जो वे स्त्री-देह की नुमाइश से भरपूर छिछले विज्ञापनों को प्रदर्शित करते रहते हैं, क्या उनसे नारी की पारम्परिक उदात्त छवि को सम्मान प्राप्त होता है? उसने उनसे स्पष्टीकरण माँगा कि जब अमला

भटनागर की सहमति और स्वीकृति से उसकी कहानी पर काम शुरू हुआ था तो फिर क्योंकर स्क्रिप्ट अस्वीकृत की गई?

उसे कतई उम्मीद नहीं थी कि उसकी भर्त्सनापूर्ण चुनौती का कोई सरकारी उत्तर आएगा; लेकिन जवाब उसके हाथों में है और वह निगम को पढ़कर सुना रही है—अपने को अविश्वसनीय और भौंचक स्थिति से घिरता हुआ महसूस करने के बावजूद...

उसकी शिकायत जवाबदेही के लिए अमला भटनागर को भेज दी गई थी क्योंकि प्रत्युत्तर अमला जी का आया है। अमला जी ने साश्चर्य उसके आरोपों का खंडन किया है और सारे प्रकरण से स्वयं को ही नहीं, अधिकारियों को भी अनभिज्ञ बताया है। यह अवश्य स्वीकारा है कि विवेक बत्तरा से वे परिचित हैं और अकसर उसे अपने नाटकों में शरीक करती रहती हैं; परन्तु न तो विवेक ने उनसे कभी उसकी किसी कहानी का जिक्र किया, न उसे दूरदर्शन के लिए किसी फिल्म का अनुबन्ध सौंपा गया है। वे अनुमान नहीं लगा पा रहीं कि वह कैसे ऐसे अनर्गल भ्रम का शिकार हुई...

पत्र खत्म कर उसने क्षुब्ध दृष्टि से निगम को देखा और जैसे उससे न कहकर अपने-आपसे बुदबुदाई, "विवेक बत्तरा ने ऐसा क्यों किया?"

प्रत्युत्तर में निगम एकाएक ठहाका भरकर हँस पड़े। हँसी जो शुरू हुई तो फिर बढ़ती ही चली गई।

वह खिसियाहट से भरी-भरी रुआँसी हो आई—"उपहास उड़ा रहे हो?"

"उपहास! और मैं?" उन्होंने सप्रयास हँसी को नियन्त्रित करने की चेष्टा की और बोले, "भई, मैं तो कुछ और ही सोच रहा था।"

उसने उत्सुक नजरों से उन्हें देखा।

"अब देखो न, रहती हो इस शहर में, देश की मायानगरी में और जब भी किसी को इस शहर में अपनी पटरी साधनी होगी या किसी डेरे की तलाश... बन्दा तुरन्त तुम्हारी कहानी पर नाटक लिखने लगेगा या रूसी या फ्रेंच में उसके अनुवाद की अनुमति चाहेगा। तुम खुश—और अगर ऐसे में वह इस शहर में आना चाहेगा तो भला तुम उसे बाहर कैसे रहने दे सकती हो!"

(1985)

लेन

"**घड़ी**-दो घड़ी मरणे की भी फुरसत नई देते मेरी जाण के दुसमण। कौण है रे?" झिलंगी खटिया में चित धँसी पड़ी हुई, घड़ी-खाण चिलकती देह को जुड़ने के बहाने कड़वाती आँखों को कोहनी से चाँपे, महिन्दरी भिड़े किवाड़ों पर अचानक हुई 'ठक-ठक' सुनकर बेमन से अपने को समेटती उठती झल्लाई।

फर्श पर पाँव टिकाते ही सुन्नाए-से दाहिने पाँव में सहसा बिजली-सी कौंधी। वह पंजों के पोरों को बारी-बारी उँगलियों से छूकर झन्नाहट उतारने का टोटका करने लगी। पाँच फेरे पूरे होते-होते झन्नाहट उड़न-छू। कोठीवाले भी विचित्र जीव हैं। न किसी का मन-तन देखें, न दिन। कनस्तर झाड़ समेत सुबह पहली कोठी पहुँची नहीं कि ऊपरवाली वकीलनी ने फौरन फरमान टिका दिया, "जीने पर बड़ी गन्द हो रही है, जमादारिन! पाइप लगा छोड़ती हूँ, अपने-अपने दरवाजे सर्फ डलवा ले सबसे। धुलाई कर डाल।"

उसने चिरौरी की कि बीजी, अगले रोज साफ-सफाई करवा लो। पूरी लेन निपटाकर मरद को देखने चार बजे अस्पताल पहुँचना है। लेकिन वकीलनी ने एक न सुनी, जिद्द ठाने रही। वकीलनी की तेज-तेज आवाज सुनकर ऊपर-नीचेवालों ने भी दरवाजे खोल दिए और उससे सहमत होते हुए उसे झिड़की लगाई कि 'महीना होने को आ रहा है, तूने झाड़ू भी ढंग से नहीं लगाई, धोना-धुलाना तो दूर रहा। फिर तेरा अगला दिन तो कभी आता ही नहीं। चल, लगे हाथ निपटा जीना...' झुके-झुके जीना रगड़ते रीढ़ में पीर बैठ गई।

आहिस्ता से 'ठक-ठक' दोबारा हुई। माथा ठनका। कोई बाहर ही का लगे, नहीं तो भड़ाक से किवाड़ ठेल ताई, फूफी, भब्बी, महेन्दरिया पुकारता धड़ल्ले से

वह अब तलक कोठरी में दाखिल हो गया होता। पैर फर्श पर टिक रहे हैं। देखो तो भला कौन है? सोचते हुए वह सिर पर ओढ़नी खींचती विस्मित-सी किवाड़ों के पट की ओर लपकी। तभी परली ओर से भारी किन्तु मर्दानी रौबीली आवाज पटों की साँधें भेदती उसे ठिठका गई। शायद उधरवाले ने सोचा होगा कि किवाड़ों के पीछेवाले व्यक्ति को अगर वह अपना परिचय देकर सन्देहमुक्त कर दे तो किवाड़ खुलने में दुविधा नहीं होगी।

"मैं हूँ हवलदार मनोसिंग। चौकी से आया हूँ जी...बड़े सा'ब गोयल सा'ब ने दत्तूराम की जनानी को इसी वकत खड़े-खड़े चौकी बुलाया है।"

अप्रत्याशित रूप से हवलदार को सामने खड़ा पाकर एक पल के लिए महिन्दरी विमूढ़-सी हो आई। लेकिन अगले ही पल वह स्वयं को सहेजती हुई, स्वर में यथासम्भव अदब घोल विनयपूर्वक बोली, "मैं ही दत्तू की जीणाणी। बैठो सा'ब।" उसने लपककर खटिया कोठरी के बीचोबीच खींचते हुए संकोच से भरकर कहा, "चाय-शाय बणाऊँ?"

"पीत्ते, पर सा'ब ने चार बजे चौकी छोड़ देनी है।"

हवलदार ने मुलायमियत के बावजूद जैसे उसे चेतावनी दी।

शीघ्रता की बात सुनकर महिन्दरी की हवलदार से दोबारा आग्रह करने की हिम्मत नहीं जुटी। बस उद्विग्न भाव से फर्श पर दृष्टि घुमा वह अपनी इधर-उधर हो गई प्लास्टिक की चप्पलें खोजने लगी। इस वक्त यही लग रहा था कि जैसे चप्पल पाँव में आते कहीं से मुट्‌ठी-भर मनोबल देह में आ जुटेगा। चप्पलें मिल गईं। एक तो ईंटों पर टिके जस्ते के कुण्डे-टूटे बक्से के नीचे सरकी पड़ी दिखाई दी, दूसरी, झिलंगी खटिया के उस पार। चप्पलें पाँव में फँसाते हुए आशंकित हृदय में यह विचार तेजी से सुगबुगाया कि तनिक साहस बटोर हवलदार से अकस्मात चौकी बुलाए जाने का अभिप्राय जान ले। आखिर क्या बात है जो बड़े सा'ब ने उसे चौकी खड़े-खड़े इसी वक्त बुलाया है? चौकी न हुई गले का फन्दा हो गई—रेशे-रेशे उसकी साँसें सोखती हुई। पिछले महीने न रात पलक झपकी, न दिन-दोपहरी मुँदी।

पहले मन में आया कि कोठरी पर ताला डाल दे। खिलौनी भी घर पर नहीं है। गरीबी में आटा गीला करने के लिए तवा-करछल ही उठ जाएँ तो चोट-पे-चोट पड़ने में कमी क्या रहेगी? फिर अपनी दुश्चिन्ता खाम-खयाली ही प्रतीत

हुई। बचा ही क्या है किसी के उठाने-धरने को। अपने हाथों ही तो ताँबे-पीतल के हंडे-बटुए अधिया-तिहाए भाव में बेच-बाचकर पार लगा आई। न बेचती तो डॉक्टरों की पर्चियों पर लिखी इबारत को कैसे पूरा करती? पता नहीं चौकी में कितना टेम लगे? बच्चे लौट आए तो गली में इसके-उसके घर मारे-मारे फिरेंगे। खिलौनी, नहीं होगा तो भात ही हलदी-नमक डाल राँधकर रख लेती। अभी तो चारों बगल की बस्ती में गैरजवाली के यहाँ अठन्नी-अठन्नी भरकर वीडीओ पर अमिताभ बच्चन की फिलिम देख रहे होंगे। आड़े वकत पर डेढ़ रुपिया ढीला करना भी कलेजे को कँपाता है। लेकिन अबोध बच्चों का मन भी कितना मारे। महीने-भर से दाल-चावल एक साथ नहीं खाया है उन्होंने। पर आजकल सिनेमा की खुशी ऐसी है कि सारे सन्ताप और दुःख को जुड़ा देती है। यह भी सोचा कि इसी बहाने बच्चे टले रहेंगे तो वह घड़ी-खाण पलक मींच लेगी वरना वे बौराए कौओं-से खोपड़ी पर मँडराते पलक नहीं झपकने देंगे... बच्चों को स्वयं जाकर खबर करने का भी टेम नहीं है। कोई नहीं। हवलदार के पीछे-पीछे चलते हुए चार-पाँच कोठरी छोड़कर वह जरा गली से उतर एक घर में झाँकती आवाज लगाती बोली, "चौकी से बुलावा आया है, सत्ती, जरा घर पे नजर रखना।" फिर आटा माँड़ती सत्ती का उत्तर सुने बगैर ही हड़बड़ाई-सी आगे बढ़ ली।

अब न मुहल्लेवालों को उसके घर पुलिस आया देख किसी प्रकार का कौतूहल होता है, न दुश्चिन्ता, न स्वयं हृदय झोंका खाती लौ-सा लुपलुपाता है। एक समय था कि मुहल्ले के किसी-न-किसी को संग लिए बिना वह चौकी की ओर कदम नहीं बढ़ाती थी। पहले उसे किसी को कहना भी नहीं पड़ता था। क्या अस्पताल, क्या चौकी! लोग बराबर पूछा-ताछी कर आना-जाना लगाए रखते थे। आगे कहाँ तक कोई किसी के झमेले में काम-धाम किनारा कर विपत्ति पर फोहे रखता, ठींसे सहलाता?

चौथी दोपहरी घर लौटी थी।

बयान खत्म होने के बाद बड़ी डॉक्टरनी ने उसके सन्तप्त, मुरझाए चेहरे को ममता-भरी नजरों से झिड़कते हुए कहा था, "मनहूस चेहरा नहीं बनाते,

महेन्दरी। जाओ, घर जाकर आराम करो। कहीं ऐसा न हो, तुम्हारी भी अस्पताल में भरती होने की नौबत आ जाए।"

उसे फिर भी जाने के लिए तत्पर न देख उन्होंने उसके निकट आकर, कन्धे पर हाथ रखकर ढाढ़स बँधाया—"नर्सें हैं सब सँभाल लेंगी, तुम निश्चिन्त होकर जाओ, अब तो दत्तूराम खतरे से बाहर है, तेरी और तेरे बच्चों की किस्मत सिकन्दर है, महेन्दरी! छुरा इंच-डेढ़ इंच और अन्दर गया होता तो ये तीन दिन भी खींचने मुश्किल थे, अब काहे का डर...हाँ?"

तीन दिन बीतने पर चेत आया था मरद को। बहत्तर घंटे पलक मारे बिना वह मरद की खटिया से स्टूल सटाए, जड़वत बैठी उसकी निचुड़ी और रह-रहकर मिरगी के मरीज-सी काँपती देह में बूँद-बूँद ग्लूकोज और रक्त प्रवेश करता देखती रही। अपने रुष्ट भाग्य को प्रार्थना और मनौतियों से लादती, मनाती रही। भला-चंगा होकर मरद घर लौटेगा तो वह शर्तिया सन्तोषी माँ के सोलह शुक्रवार करेगी, भैरव के मन्दिर में मुँह-अँधेरे चुपके से जल चढ़ा जाएगी।

पुलिस के बड़े सा'ब दो-तीन सिपाहियों और मजिस्ट्रेट के साथ पिछले दिनों मरद के चेत आने और बयान लेने की प्रतीक्षा कर लौट-लौट गए थे। चौथी सुबह होश आया तो बड़ी डॉक्टरनी के चेहरे पर भी सन्तोष की चमक उभर आई। जाँच के पश्चात बड़ी देर तक वे आपस में अँग्रेजी में कभी सामान्य तो कभी उत्तेजित भाव-भंगिमा के साथ बातें करते रहे। उसकी समझ में बस इतना-भर आया, बड़ी डॉक्टरनी बयान लेने के उनके आग्रह को एकाध रोज के लिए टालना चाहती है; किन्तु पुलिस के बड़े सा'ब बयान के काम को आज ही निपटा लेने के हक में थे। उनके हठ से उसे यही बू आई कि जैसे वह टालते हुए इसलिए डर रहे हों कि कहीं ऐसा न हो कि वह बयान न ले पाएँ और मरद...

"ठीक है, तो फिर जरा आराम से पूछिए।" बड़ी डॉक्टरनी ने अप्रसन्न होकर हथियार डाले थे।

बड़े सा'ब ने पूछा, "दत्तूराम, उस रात क्या हुआ था?"

कुछ पल उसके उत्तर की प्रतीक्षा में वे मरद के चेहरे के चढ़ते-उतरते भावों को परखते-तौलते रहे। प्रतिक्रिया में उसे चेष्टाहीन पाकर सान्त्वना-भरे स्वर में उसका उत्साहवर्द्धन करते हुए, अपेक्षाकृत आत्मीयता से बोले, "कोई जल्दी नहीं है, दत्तूराम। आराम से बोलो...बस जो कुछ भी कहो, सही-सही कहो।

झूठ बोलने में तुम्हारा ही नुकसान है। सच तो हम निकलवा ही..." मौके की नजाकत का अचानक स्मरण होते ही बड़े सा'ब वाक्य को आधा गटक, अपने रंग बदलते पुलसिया लहजे के प्रति तनिक सतर्क हुए, फिर अगले ही पल स्थिति को सँभालते हुए बोले, "मेरा मतलब है, बिना किसी डर के बताओ। हमारे रहते तुम्हारा कोई बाल बाँका नहीं कर सकता, दत्तूराम!"

मरद ने अपनी पनियाई, निस्तेज मिची-मिची दृष्टि बड़े सा'ब पर टिका दी—फरियाद करती हुई-सी, "गरीब-गुरबा से ठिठोली ठीक नहीं, सा'ब। कोई चौकी ठिकाने से दूर नहीं थी जब गुंडों ने घेरकर रामपुरी घोंप दिया और उसकी 'हाय' निकलते-निकलते आनन-फानन अँधेरे में बिला गए।"

निगाह लौटी तो निकट खड़े चेहरों के मध्य मानो उसे खोजती उस पर टिकी। उसने अपनी झलझला आई नजर के बावजूद यह स्पष्ट महसूस किया कि उन कातर, सहमी आँखों में व्याप्त आतंक मौत की काली परछाइयों-सा डैने फड़फड़ाता डोल रहा है और मरद का सूखा चेहरा दहशत और आशंका से सिकुड़ रहा है, सिकुड़ता ही जा रहा है।

अकुलाया-सा कलेजा मुँह को आने लगा। जी में आया कि बड़े सा'ब का लाग-लिहाज तजकर हृदय में घुमड़ते आवेश को व्यक्त ही कर दे। जो कुछ पूछना है, भला उससे क्यों नहीं पूछताछ लेते। वह करमजली भी तो उस भयानक विपदा की साक्षात गवाह है। मरद को दिक करने से फायदा? वह नहीं बोल पाएगा। कहाँ से बूता लाएगा बोलने का? गागरी खून भलभलाता नाश हो गया। इन बित्ते-बित्ते-भर की बोतलों से भरपाई होगी!

तभी मरद के होंठ कुछ कहने को आतुर फड़फड़ाए। चाशनी के तार-सा गाढ़ा आया थूक तनिक खुल आए होंठों के अन्तर में अटके बोल-सा कई-कई तारों में टँग गया।

"बोलो दत्तूराम, बोलो, बेहिचक!" बड़े सा'ब ने आशान्वित होकर जैसे किसी बच्चे को पुचकारा।

बड़े प्रयास के बाद क्षीण स्वर में, टुकड़ों-टुकड़ों में वाक्य मुखरित होने लगे—

"जाड़े की रात, सा'ब आठ बजते-बजते बस्ती ऊँघने लगती है...बच्चे

जीम-जाम के लिहाफ में दुबके सो रहे थे, जब घर में दाखिल हुए...रोजीना से देर...वक्त? यही कोई अन्दाजन नौ बजे रहे होंगे...जी, बीरवार था...हाँ सा'ब, इसीलिए देर हुई। पटरी पर चटाई, पायदान, चिक बेचनेवाला बिल्लेसुर है न, माल समेत सा'ब, उसको लाने का जिम्मा हमारा, छोड़ने का जिम्मा हमारा। उसे घर पहुँचा के, हाथ-पाँव धो के जीमने बैठे। पहला कौर तोड़ा था, सा'ब, गली में कुछ लोगों की तेज-तेज दौड़ने की आवाजें कानों में टपकीं...ठीक उसके बाद एक आदमी की दबी-दबी चीख...नहीं सा'ब, खाना कैसे खाते? थाली वैसी-की-वैसी छोड़ जनानी के मना करने के बाद भी बाहर लपके। देखा, दो आदमी मिल के एक से कुछ छीनने की कोशिश कर रहे हैं...वह आदमी बचाने की कोशिश में उनके हाथों पिट रहा है। माथा ठनका...जी सा'ब, यही लगा, कुछ लोग मिल के किसी भलेमानस को लूटने की कोशिश कर रहे हैं, क्या मालूम वो गुंडे हैं, ये छीना-झपटी उनका मामला है...जी, ठहरे कहाँ? बचाने दौड़े, सा'ब...पीटनेवालों ने बीच में न पड़ने की धमकी दी। कैसे मानते? बस, उनमें से किसी ने अचानक रामपुरी निकाला...अऊर याद नहीं आगे, सा'ब..." बोलते हुए उसकी साँस की गति तीव्र हो उठी। अपने वेदना से संकुचित, निष्प्राण-से चेहरे पर आँखें मींच वह जैसे किसी आन्तरिक कष्ट को सूखे होठों पर सूखी जबान फेरते हुए घुटकने की असफल चेष्टा करने लगा।

मरद की अचानक बिगड़ी हालत देख वह उद्विग्न हो उठी। बड़े सा'ब और मजिस्ट्रेट सा'ब ने भी मामला गम्भीर होते देख, उसे धीरज रखने को कहकर, बगलवाले मरीज की स्वास्थ्य तालिका का निरीक्षण करती हुई नर्स को पुकारा।

नर्स ने आते ही उसकी नब्ज टटोली। फिर बड़ी तत्परता से उसका रक्तचाप मापने लगी। सभी ने स्पष्ट लक्ष्य किया कि दत्तूराम की अचानक बिगड़ी हालत से नर्स चिन्तित हो आई है।

"सर, रक्तचाप एकदम बढ़ गया है। मैं अभी डॉक्टर को खबर करती हूँ। बेहतर होगा, मरीज को आराम करने दें।"

नर्स के हटते ही बड़े सा'ब निरन्तर बिगड़ती हालत की परवाह न करते हुए अपनी कुछेक शंकाओं का समाधान करने का लोभ संवरण नहीं कर पाए, "दत्तूराम, तुम उन मारनेवालों को पहचान सकते हो?"

प्रत्युत्तर में उसने आँखें मूँदे हुए ही इनकार कर सिर हिला दिया।

"बाकियों को?"

उसने पुन: इनकार में सिर हिला दिया—इतने आहिस्ता से कि जैसे उसे सिर को मामूली-सा कम्पन देने में भी अपार कष्ट हो रहा हो।

"हुलिया बयान कर सकते हो?"

आँखें बन्द किये हुए ही वह अस्फुट शब्दों में रुक-रुककर बुदबुदाया, "सभी बुस्सट और पतलून में थे...अमावस थी, बस्ती में बिजली है ही नहीं... सड़क पर...दूर...दूर है..."

कैसा जुलम है! मरद की साँस धौंकनी हो रही है। मानो भीतर से बूँद-बूँद प्राण निचोड़ निष्ठुर बाहर उलीच रही हो और बड़े सा'ब हैं कि उन्हें अपने बयान की पड़ी है। अन्धेर है, अन्धेर...गरीब-मजबूर का कोई माई-बाप नहीं...कैसे रक्षक हैं ये?

लोगों की उपस्थिति और अस्पताल के कायदे-कानून से अप्रभावित हो उसके सब्र और विवेक का बाँध अचानक ढह पड़ा। वह बिलखती, रुदन करती बदहवास हो चीखने लगी, "मेरे से पूच्छो, सा'ब! मैं पेचाण सकती हूँ उसे, सा'ब...मैं ओ माणस को कैसे भूल सकती हूँ, जिसने मेरे सुहाग को...मेरे बाल-बच्चों के आसरे को मिटाणा चाहा! मैं उस हत्यारे को लाखों-करोड़ों में पिचाण सकती हूँ...मेरे सामने हाजिर करो उसे। ढेले मार-मार कुत्ते की जाण ले लूँगी... उसकी बोटी-बोटी मुहल्ले के कुत्तों को खिलाऊँगी।"

उसके आहत विक्षुब्ध मन की स्वाभाविक पीड़ा ने बड़े सा'ब और जुड़ आए अन्य लोगों को उत्तेजित नहीं होने दिया बल्कि वे भृकुटियाँ सिकोड़े, उसके अप्रत्याशित व्यवहार से हतप्रभ अवश्य प्रतीत हुए। बड़ी डॉक्टरनी और बड़े सा'ब ने उसे अपनी भावनाओं पर नियन्त्रण रखने की सलाह दी और उसे धैर्य बँधाते हुए समझाया, तनिक विवेक से काम ले। उसके असंयम से अस्पताल की शान्ति ही नहीं नष्ट होगी, उसके अस्वस्थ पति का मानसिक तनाव भी बढ़ सकता है और रक्तचाप खतरे की हद पार कर सकता है। वह ऐसी नासमझी न करे। कहीं ऐसा न हो कि उनकी सारी मेहनत व्यर्थ हो जाए और मामला उनके हाथ से जाता रहे।

उनकी बातों का उस पर अपेक्षानुकूल असर हुआ। अपने आवेग को वह

ओढ़नी का पल्ला मुँह में ठूँस बाहर न आने देने की चेष्टा करती हुई, मरद की कम्बल लिपटी उठती-गिरती पंजर छाती को सूनी दृष्टि से ताकती रही—मन-ही-मन चौकन्नी-सी कि उसकी सिसकी फूटी नहीं कि मरद को पता नहीं क्या हो जाएगा।

ठीक दो रोज बाद सा'ब ने उसे चौकी पर हाजिर होने का सन्देश भिजवाया। उसे चिन्तातुर देख हवलदार ने यही बताया कि घबराने की कोई बात नहीं है, उसके मरद के मामले के सम्बन्ध में ही पूछताछ होगी। चूँकि घटना की वह प्रत्यक्ष एकमात्र गवाह है, बाकी मुहल्ले के लोग हत्यारे के भाग जाने के बाद ही घटनास्थल पर पहुँचे, अत: मामले का पूरा दौर उसकी गवाही पर ही निर्भर करता है। उसका संकोच भाँप पड़ोस के तिपहियावाले कक्का रामदीन ने उसके साथ चौकी चलने का निश्चय किया था। हालाँकि भीतर से वह चाह रही थी कि कोई-न-कोई उसके साथ अवश्य चले। जनानी तो फिर जनानी ही है, वह भी किसी और ठौर-ठिकाने नहीं बल्कि पुलिस चौकी जाना है। किन्तु ऊपर से उसने यही दर्शाया कि उसका तो जो कुछ है सो है, रामदीन कक्का अपने कामकाज का हरजा क्यों करते हैं? रामदीन कक्का ने उसे आत्मीयता से डपट दिया था। वह औरत होकर इतनी मुसीबतों से लड़ रही है, वे एक दिन की कमाई का मोह नहीं त्याग सकते? फिर नित्य परिश्रम के बावजूद कौन-से मेवा-मिसरी ढकोसते रहते हैं?

बड़े सा'ब ने उसे अधिक प्रतीक्षा नहीं करवाई थी। बुलाते ही बिना किसी लाग-लपेट के पूछताछ शुरू कर दी थी।

"तुम वारदात होने पर कब पहुँचीं, महेन्दरी?"

"सा'ब, मैं ढिबरी की बत्ती उकसाकर कैंची से उसका फूचड़ा छाँटने लगी थी—कारण, बत्ती धुआँ देने लगी थी कि बस, तभी...अचानक मरद की दर्द-भरी चीख सुनाई दी। मैं बत्ती ज्यों-की-त्यों छोड़ बावरी-सी बाहर दौड़ पड़ी। और सा'ब..." बोलते हुए उसकी रुआँस छूट पड़ी।

"हिम्मत से काम लो, महेन्दरी। दिल छोटा नहीं करते। ठीक-ठीक सोच के बताओ कि जैसे ही तुम चीख की दिशा में भागी, हत्यारे कहाँ थे?"

"मुझे आता देख वे तीणों खिचड़ीपुरवाली सड़क पर तीर-से भाग लिए।"

"तुम तो कह रही थी कि तुम हत्यारे को पहचान सकती हो?"

"पेचाण सकती हूँ, सा'ब, एकदम पेचाण सकती हूँ। जिस माणस ने मरद को छुरा घोंपा, भागते वकत छुरा उसके हाथ में था—दाहिणे हाथ में, यूँ (उसने अपना दाहिना हाथ ठीक उसी मुद्रा में तानकर दिखाया) मेरी चीख सुण के वो हकबका के अचाणक पलटा कि मैणे उसका चेहरा देखा, उधर बिजली के खम्भे की रोशणी थी।"

"मगर दत्तूराम ने तो बताया कि घटनास्थल पर बत्ती बहुत दूर-दूर है। तुमने हत्यारे का चेहरा देख लिया, वह कैसे नहीं देख पाया?"

"सा'ब, आपणे तो वो जगे फौज-फूज के साथ देखी थी...उदर अँधेरा ही है मगर वो तीणों पलट के भागे खिचड़ीपुरवाली सड़क पे जो उस सड़क से कट के बाईं ओर गई है। उदर सड़क कटते ही बिजली का खम्भा है। आपणे ध्यान णई दिया, सा'ब।"

उसे इस आरोप का कोई जवाब न देते हुए इस बहस को यहीं समाप्त कर बड़े सा'ब ने पूछताछ का सिलसिला कुछ निजी सवालों पर केन्द्रित किया।

"किसी से अदावत है दत्तूराम की?"

सवाल सुन वह अप्रसन्न होती हुई खीझ उठी, "मरद मेरा गऊ माणस है, जलती धूप में अक्खा दिण रिक्शा खींचणेवाला माणस। किससे झगड़ा-टंटा करेगा! साँझ को इतणा लस्त-पस्त होता है सा'ब कि कोई पास-पड़ोसवाला उठणे-बैठणे को बुलाए भी तो वो कहाँ बैठणेवाला।"

उसकी अप्रसन्नता दरकिनार करते हुए बड़े सा'ब ने ललाट पर बल डाल अगला प्रश्न किया, "नशे-पानी की आदत है उसे?"

"बीड़ी-तमाखू की मैं जाणू, पीणे-पाणे की लत णई। बस...ब्याह-शादी में बिरादरी का रिवाज है, तब मरजी ण मरजी पीणी पड़े ही है, तब तो जणाणियों को भी लेणी पड़े, मरद तो मरद, सा'ब।"

"हो सकता है, वह नशेड़ियों का संग-साथ करता हो और तुम्हारी जानकारी में न हो। इस इलाके के कई रिक्शेवाले पक्के अफीमची हैं। बहुतों को मौके पर पकड़ा गया है।"

उसका स्वर थोड़ा ढीला पड़ा, "जो मैं जाणू, बता सकूँ, सा'ब। बाकी मैं

ठेरी जणाणी, झाड़-कनस्तर के संग मेरी बिसात कोठरी से लेण, लेण से कोठरी, बस्स।"

बड़े सा'ब ने कुछ सोचते हुए पुनः बातचीत का रुख मोड़ा और उससे बारीकी से हत्यारे का हुलिया जानना चाहा। अलबम मँगवा के इलाके के तमाम गुंडे-मवालियों की तसवीरें उसे दिखाईं। उन तसवीरों में से उस हत्यारे को अनुमानतः पहचानने की कोशिश करने के लिए कहा। लेकिन तसवीरों के माध्यम से हत्यारे को खोज पाने का प्रयास निरर्थक सिद्ध हुआ क्योंकि कई तसवीरें सहसा उसे उस हत्यारे का हू-ब-हू चेहरा प्रतीत होतीं लेकिन अगले ही पल वे तसवीरें एकदम अजनबी हो उठतीं और उसका चेहरा निराशा से लटक जाता। बड़े सा'ब ने उसकी उलझन-भरी मनःस्थिति लक्ष्य कर यही उचित समझा कि इस वक्त उसे तसवीरें दिखाना व्यर्थ है। किसी अन्य दिन बुलाकर इत्मीनान से तसवीरें दिखाई जाएँ ताकि वह दुविधामुक्त होकर अपना निर्णय दे सके। उसके अनुमान मात्र से उन्हें मामले की तह तक पहुँचने में काफी सहायता मिल सकती थी। अन्त में उन्होंने उससे मरद की तबीयत का हाल पूछ-पाछकर उसे घर लौट जाने की अनुमति दे दी। चलते-चलते उसकी इस शिकायत पर कि बड़ी डॉक्टरनी तो वैसा नहीं करती किन्तु अन्य डॉक्टर किसी खास दवा की जरूरत पड़ने पर दवा अस्पताल से न उपलब्ध करवा, उसे जब-तब परची थमाकर बाहर दौड़ा देते हैं, वह कहाँ से लाए इतनी महँगी-महँगी दवाइयाँ, उन्होंने आश्वासन दिया था कि वह निश्चिन्त होकर घर जाए। वे इस सन्दर्भ में वहाँ के डॉक्टरों से बात करेंगे।

मगर बस्तीवाले बड़े सा'ब के 'अच्छे माणस' होने का उसका तर्क सुनकर अविश्वास से हँस पड़े थे कि तू भोली है, महेन्दरी। ये पुलिसवाले तो साक्षात भगवान को भी भरोसा देकर मुकर जानेवाली कौम है। तू किस फेर में पड़ी है!

उसी शाम की बात है। वह चौकी से थकी-हारी लौटी कि पाया, कोठरी के बाहर पड़ी खटिया पर तीन सौ नम्बरवाली कोठी का चौका-बासन करने वाली महरी नागम्मा बैठी उसकी बाट जोह रही है। अचानक नागम्मा को सामने देख वह मानो सोते से जगी। अब तक बिसरी अपनी लेन की सुध हो आई। आज पाँचवाँ दिन है उधर झाँके हुए। कोठियों का कूड़ा-करकट भिनभिना रहा होगा। सुध-बुध नहीं रही, वह तो एक बात है लेकिन होती भी तो खुद के जाने का प्रश्न ही नहीं उठता था। जाती भी कैसे! बौराई-सी अस्पताल से घर, घर

से अस्पताल—दौड़ा-दौड़ी हो रही थी। ऊपर से मन इतना विकल कि अपनी भावनाओं पर कोई वश ही नहीं रहा। कभी बैठे-बैठे हिलकने लगती, कभी चलते-चलते। सभी ने समझाया और समझाते रहते हैं कि अपने जायों की भी चिन्ता कर, महेन्दरी! पर मन है कि धीरज का खूँटा तुड़ा भाग-भाग खड़ा होता है।

"मरद अब्बी कइसा है?"

वह जवाब में अपनी उमड़ी रुलाई को होंठों में दबाने की असफल कोशिश करती, नागम्मा के कन्धे पर ढहती फूट पड़ी। बड़ी मुश्किल से नागम्मा ने उसे ढाढ़स बँधाया। तनिक प्रकृतिस्थ हुई तो मरद के स्वास्थ्य का हाल-चाल पूछने लगी। ओढ़नी के छोर से आँखें रगड़, उसने अपना दाहिना पंजा फैलाकर करुण स्वर में बताया, "बित्ते-भर सिलाई मारी है पेट में बड़ी डॉक्टरनी णे...मुश्किल से चेत आया चार दिण बाद...हालत..." वाक्य अधूरा छोड़, उसने दीर्घ नि:श्वास भर अपनी हताश दृष्टि आसमान की ओर उठाकर शून्य में टिका दी।

नागम्मा ने आत्मीयता से कन्धा दबाकर अबोले ही उसे साहस न खोने की दिलासा दी।

"कोठीवाले कुछ..." उसने अपनी लेन के फ्लैटवालों के विषय में हिचकिचाते हुए नागम्मा से जिज्ञासा व्यक्त की जिनके यहाँ वह पाखाने की सफाई और कूड़े की उठाई का काम किया करती है। प्रभात के पॉकेट दो में सड़क के दाहिने ओर एक कतार में खड़ी पाँचों इमारतें उसकी अपनी लेन हैं। उन पाँचों इमारतों के प्रत्येक घर में वही काम करती है। कुल घर पचहत्तर के लगभग हैं; किन्तु उनमें से बहुत-से लोग पाखाना धुलाई और कूड़ा फिंकवाई के पाँच रुपये भी ढीले करते हुए कतराते हैं। कुछ घर उसके पैसे बढ़ाने की माँग पर अड़े रहने की वजह से छूट गए। वे चाहते हैं कि वह अभी तीन रुपये महीने पर तीसों दिन उनका पाखाना धोती रहे और कूड़ा फेंकती रहे। तीन रुपये भला होते क्या? किल्लो-भर आलू भी नहीं मिलता आज के जमाने में। कराएँ तो कराएँ, न कराएँ तो उनकी मरजी। मजाल है जो उसके अलावा अन्य जमादारिन जीना चढ़ ले उनका। कोई बिरादरी की करेगी भी नहीं। अपनी-अपनी लेन है सभी की। फिर सभी समझते हैं, आज इसके धन्दे को हमने झपटा तो कल कोई हमारे हिस्से को हड़प खाएगा। इसी एका के चलते कोठीवालों की दाल नहीं गलती। जानती है कि हार-थक के वे फिर उसी को हाँक लगाएँगे; जाएँगे

कहाँ! जब तक तिन-तिन चल रही है, चलने दो। कितनी मुसीबत और जिल्लतें उठाकर तो लेन खरीदी थी!

संयोग से गुरबचना जमादार और उसकी जनानी नगरपालिका और अस्पताल की सरकारी नौकरी में लग गए। उन्होंने अपनी लेन बेचने का इरादा आस-पड़ोस पर जाहिर किया। सुनकर उसने संकोच से दोहरे होते हुए मरद से इच्छा प्रकट की कि कहीं से सौदे की रकम जोड़-जुगाड़ कर ले तो वे ही न क्यों उसे खरीद लें। बच्चों की एक वक्त की रोटी पक्की हो जाएगी। किराये के रिक्शे की कमाई तो गिरगिट का रंग हुई। यात्री मिले, न मिले, इससे रिक्शे के मालिक का क्या वास्ता! वह तो रिक्शे की वापसी के साथ ही पूरे दिन के ठहरे बारह रुपल्ली गिनवा लेता है। उस आय के भरोसे कट नहीं रही, काटनी पड़ रही है। प्रस्ताव सुनकर मरद ठठाकर हँस पड़ा था। फिर उदास होकर जैसे स्वयं पर कटाक्ष करते हुए कहने लगा—सपने पालने से फायदा? वह कौन-सी नौकरी पर है जो आड़े वक्त लोन और फंड से पैसा पा ले।

मगर उसने लेन खरीदने की ठान ली थी और अपना इरादा पूरा करके ही मानी।

हालाँकि अभी तक सूद समेत कर्ज की किस्तें महीने-दर-महीने चुका रही है और लेन से विशेष कुछ बचता-बचाता नहीं; किन्तु यही सोच के गाढ़ा समय काट रही है कि किसी-न-किसी रोज यह छाती पर धरी शिला सरकेगी। सुख-चैन के दिन बच्चों की झोली में होंगे। लेकिन उस पर जो राहु-केतु की कोप-दृष्टि पड़ी हुई है वह जीने दे तब न।

प्रश्न के साथ ही उसे अपने में गुम हुआ पाकर नागम्मा असमंजस झेलती, अपराध-बोध से ग्रस्त अपने भीतर यह साहस जुटाती रही कि कैसे वह उसके दुर्दिन में कोठीवालों का उबलता आक्रोश उस पर प्रकट करे। मगर जिस काम के लिए वह आई है उसे छिपाना उचित नहीं। इसमें उसी का अहित है।

बड़े संकोच के साथ नागम्मा ने बताया—'कोठीवाले उस पर भयंकर नाराज हो रहे हैं। वे उस पर टूटी विपत्ति से सर्वथा अनभिज्ञ अटकलें लगा रहे हैं कि अपने या किसी बच्चे की मामूली-सी अस्वस्थता के बहाने महेन्दरी आराम से खटिया तोड़ रही है। किसी सुबह अचानक थोबड़ा लटकाए अपनी मुसीबतों को बढ़ा-चढ़ाकर रोती दरवाजे पर आ खड़ी होगी कि बीजी, लाचार थी, वरना काम

से जी चुरानेवाली मैं कहाँ! हम नहीं आनेवाले उस लम्पट की लपेट में। जाओ, जाकर साफ-साफ कह दो—बहुत रास्ता देख लिया हमने। कल अगर वह काम पर नहीं आई तो हम उसे जीना नहीं चढ़ने देंगे। अच्छी अन्धेर मचा रखी है। पैसे ढीले करके भी तकलीफ उठाते रहो और इनके नखरे सहो, क्यों भला?'

सुनकर पल-भर को उसका स्वाभिमान तमतमाया, फिर अगले ही पल आहत भी हो आया। अपने को जब्त करते हुए शान्त स्वर में पूछा, "साँझ का चौका-बासन करने अभी कोठी जाएगी?"

नागम्मा ने स्वीकृति में सिर हिला दिया—जाएगी।

"बोल देना बीजी लोगों को—महेन्दरी मक्करी करके नईं पड़ी। कल सुबे झाड़ू-कणस्तर के संग उसकी सेवा में हाजिर हो जाएगी। दु:ख अपणी जगे, काम अपणी जगे..."

नागम्मा के जाते ही वह असहाय-सी वहीं खटिया पर ओढ़नी मुँह पर डाल पसर गई। यही कोठीवाले हैं—चाहे आधे पेट आई हो या भर पेट, हँसते-बोलते, मुख पर शिकन लाए बगैर उनका काम निपटाती है। कभी किसी ने कुछ ऊपर करने को कह दिया तो पलटकर जवाब नहीं देती कि बीजी, वॉश-बेसिन धुलवाने और बालकनी झड़वाने के पैसे तो आप देते नहीं हैं, जो मैं...अपनत्व और भले व्यवहार का क्या यही दाय है? उनकी सेवादार है, उनका कर्तव्य नहीं बनता था कि वह मर रही है या जी रही है, कोई आकर पता कर लेता जली-कटी सुनाने की बजाय! लेकिन...

कनपटियों पर विदीर्ण भावनाओं का ज्वार परनाले-सा बहने लगा।

उसे यूँ पड़ा देख आशंकित बच्चे उद्विग्न हो इर्द-गिर्द सिमट आए। खिलौनी ने सहमते हुए कोमलता से उसकी बाँह को छुआ, जैसे स्पर्श की भाषा में पूछना चाह रही हो, 'सब कुशल मंगल तो है, माँ?' उत्तर में मुख से ओढ़नी खींच वह अपने क्षुब्ध मन की खिसियाहट खिलौनी पर बरसाती लिवत हो आई—"सियाणी हो रही है मुँहझौंसी! कल चल मेरे साथ कोठी...देख काम, धो पाखाना...झाड़ू उठाणा सीख लेगी तो अपणी ही भली-भला...अब जा, जा के जो कुछ पड़ा-पुड़ा हो, राँध ले पेट में डालणे को।"

चौकी के सामने पहुँचकर दिमाग में फिल्म की रील-सी चल रही विचार-शृंखला एकाएक टूटी। गेट में घुसते हुए उसके चौकन्ने हो सिर का पल्ला माथे

तक खींचा और नजरें नीची किये हुए हवलदार मोहन सिंह के पीछे-पीछे भीतर दाखिल हो गई। चौकी में घुसते हुए न जाने क्यों अभी भी मन सिहर उठता है। लोग-बाग ऐसी सन्दिग्ध, आक्षेप-भरी दृष्टि से उसे घूरते हैं कि जैसे वह पूछताछ के सिलसिले में यहाँ न आई हुई हो बल्कि अपराधिन हो।

"आप इधर बेंच पर बैठो जी। मैं बड़े सा'ब को खबर करता हूँ।" हवलदार मोहन सिंह इंस्पेक्टर गोयल के कमरे के सामनेवाले सँकरे दालान में दीवार से सटी पड़ी हुई बेंच पर उसे बैठने का संकेत कर, स्वयं चिक हटा उनके कमरे में दाखिल हो गया।

पल-भर भी नहीं गुजरा होगा कि लौटकर उसने इत्तिला दी, "बड़े सा'ब आपको बुला रहे जी।"

वह धड़कते हृदय से बड़े सा'ब के सामने जा खड़ी हुई।

उसके अस्थिर, उड़े हुए चेहरे के मनोभावों को भाँपते हुए बड़े सा'ब ने उसे तत्काल आश्वस्त करने की मंशा से अपने सख्त चेहरे पर स्निग्ध हँसी लपेटते हुए कहा, "घबराओ नहीं, महेन्दरी, आज मैंने तुम्हें एक खुशखबरी देने के लिए बुलाया है।"

उसकी आँखें ऊपर उठीं और बड़े सा'ब के चेहरे पर टिककर फैल गईं।

"उन तीनों में से दो पकड़े गए हैं। एक हाथ नहीं आ रहा। मुझे उम्मीद है कि आज रात तीसरा भी हाथ लग जाएगा, सब-इंस्पेक्टर श्रीमती पाण्डेय उसका पीछा कर रही हैं।"

वह ज्यों-की-त्यों अविश्वास और अचरज के मिले-जुले भाव लिए, आँखें फाड़े सुनती रही।

बड़े सा'ब बताने लगे। उसकी समझ में कुछ आ रहा था, कुछ नहीं आ रहा था—'वे तीनों गुंडे एक-दूसरे के साथी हैं। मिल-जुलकर लूटपाट किया करते हैं। पिछले दिनों उन्होंने कस्टम गोदाम से लगभग पच्चीस लाख की कीमत का माल उड़ाया। माल पुलिस की नजर से बचाने के लिए कुछ तो उन्होंने एक कुएँ में डाल दिया। कुछ हीरे और रिवॉल्वर उन्होंने जामा मस्जिद के पीछे रहनेवाले एक मोटर पार्ट्स की दुकानवाले को बेचा, कुछ पश्चिम विहार के एक दलाल को। खैर, उनमें एक की—जिसने छिपाने के उद्देश्य से कुएँ में सामान

डाला था—उसकी नीयत डोल गई। वह अपने अन्य साथियों के पूछने पर बहाना गढ़ने लगा कि उसने पुलिस की पहुँच से भागने की कोशिश में इन्द्रपुरी बस्ती के जिस कुएँ में सामान फेंका था, चूँकि उस समय वहाँ सघन अँधेरा था और वह पाँव सिर पर रखकर भाग रहा था, उसे ठीक से न वह स्थान याद है, न वह कुआँ। उस रोज, वारदात की रात, वे तीनों बेहद चढ़ाए हुए तुम्हारी बस्ती इन्द्रपुरी में उसी कुएँ की खोज के सिलसिले में उसे साथ लेकर घूम रहे थे और वह उन्हें चक्कर-पर-चक्कर दे रहा था। वे भाँप गए कि वह माल हड़पने के फेर में है इसीलिए जान-बूझकर उन्हें कुएँ का पता नहीं बता रहा है। कुएँ का पता कबुलवाने के लिए उन्होंने उसे पीटना शुरू किया। वही समय था जब दत्तूराम उसकी चीख सुनकर किसी भले आदमी के लूटे जाने की गलतफहमी में उसे बचाने दौड़ा और...'

उसके हृदय में दबी पड़ी घृणा और प्रतिशोध की ज्वाला यकबयक प्रज्ज्वलित हो उठी। आवेश से चेहरा तमतमा उठा—"सा'ब, उसको छोड़णा णहीं, सा'ब...फाँसी चढ़वाणा उसको, फाँसी...कोई दोष था मेरे मरद का? कुछ बिगाड़ा था उसका? जाण लेणे में कसर छोड़ी थी उसणे...वो तो भगवाण णे गरीब-बेसहारे की प्रार्थणा सुण ली...नहीं तो..." भावावेश में बोलते हुए अचानक उसे ध्यान आया कि वह मात्र बड़े सा'ब के सामने नहीं बैठी है, यह पुलिस चौकी है। उसे अपनी भावनाओं पर संयम रखना चाहिए। बड़े सा'ब बड़े भले आदमी हैं। उसे अनेक बार समझा चुके हैं, वह सब्र से काम ले। वे हर हालत में अपराधी को सजा दिलवाकर रहेंगे। रोने-पीटने से तो कोई काम बनने से रहा। यह तो सा'ब इतने भले स्वभाव के हैं कि उसकी त्रासपूर्ण मानसिकता को समझते हैं वरना जब कभी अन्य साहबों से पाला पड़ा, कुत्तों की तरह उन्होंने उसे घंटों भूखे-प्यासे चौकी के दालान में बैठा, हड़काए रखा। जिन पास-पड़ोसियों को इस मामले के अन्तर्गत पूछताछ के सन्दर्भ में बुलाया गया, वे बिचारे रोज-रोज की अनावश्यक हाजिरी और उठक-बैठक से तंग आकर रो दिए। निश्चित ही उन्होंने मन-ही-मन तौबा की होगी कि आइन्दा वे सब कुछ देख-सुनकर भी अन्धे-बहरे बने रहेंगे। सत्य ही तो है—होम करते, हाथ जले। कौन जान-बूझकर अपनी शामत बुलवाए। हवलदार छगनमल ने बात चलने पर एक बार बताया था—बड़े ईमानदार, उदार और कर्मठ अधिकारी हैं। ज्यादा दिन यहाँ टिक नहीं पाएँगे। उनके तबादले के

लिए लगातार दबाव पड़ रहे हैं। तुम्हारा मामला अब तक दब नहीं पाया तो इसीलिए कि वह बड़े साहब के अधीन है।

सामने खुली पड़ी एक फाइल में कुछ पलों के लिए उसकी उपस्थिति से अप्रभावित दत्तचित्त-से हो गए बड़े सा'ब ने अचानक कुछ स्मरण हो आने की भाव-भंगिमा के साथ नजर ऊपर उठाई। अपने देह को कुरसी की पीठ से टिकाते हुए उसे सम्बोधित कर कहने लगे, "ऐसा है, महेन्दरी! आज अगर तीसरा हत्थे चढ़ गया तो परसों सुबह मैं तुम्हें बुलवा भेजूँगा, पहचान के लिए। जैसाकि मैंने तुम्हें पहले बताया था, तुम्हारी पहचान पर ही पूरे मामले का दारोमदार है।" फिर उसे इत्मीनान से घर जाकर चैन की नींद के लिए कहकर उसके उठ खड़े होते ही प्रसन्न भाव से बोले, "दरअसल, कई संगीन मामलों में इन अपराधियों का हाथ होने की बात प्रकाश में आ रही है। पर उसे तो मैं दफा 302 में दत्तूराम की हत्या के अभियोग में बन्द करवाए बगैर छोड़ूँगा नहीं। खैर, दत्तूराम कैसा है?"

उसकी दुखती रग छू गई चेहरे पर तनाव और उलझन की रेखाएँ खिंच आईं—"बाकी सब ठीक है, सा'ब! उसको पेशाब उतरणे में भारी तकलीफ हो रही, शिकायत कर रहा था...एकाध दफे दाहिणा पाँव सुण हो उठे।"

"हो सकता है, उसे पथरी की तकलीफ हो। लेकिन यह कोई ऐसी शिकायत नहीं है, जो ठीक न हो सके। चिन्ता करने की जरूरत नहीं। मैं पता लगाता हूँ कि श्रीमती दयाल (बड़ी डॉक्टरनी) कौन-सी शिफ्ट में हैं। बात करूँगा उनसे।"

उसके चेहरे पर कृतज्ञता की विनीत चमक उभर आई। नजरें नीची किये हुए हाथ जोड़ दिए उसने और बिना कुछ बोले चुटकी से सिर की ओढ़नी माथे तक खींचती, चिक हटा कमरे से बाहर निकल आई। आज चौकी से लौटते हुए वह अपने को अपेक्षाकृत हल्का और प्रफुल्ल महसूस कर रही है। लग रहा था कि परसों की बजाय वह आज ही, अभी हत्यारे को पहचानकर चौकी से निकल रही है। अब वह फाँसी के तख्ते से बच नहीं सकता। दैवयोग से उसका मरद बच गया है तो क्या, उसने तो जान लेने में कोई कोर-कसर नहीं छोड़ी थी।

बस्ती में प्रवेश करते ही वह जिस-जिस परिचित से टकराई, उसके हालचाल पूछने से पूर्व ही वह उल्लसित-सी बताने लगती कि उन तीनों गुंडों में से दो धर लिए गए हैं और चौकी में बन्द हैं। तीसरे को आज रात निश्चित ही

घेर लिया जाएगा। बड़े सा'ब परसों उस हत्यारे की पहचान के लिए उसे चौकी बुलवाएँगे और उसे फाँसी पर चढ़वाए बिना चैन से नहीं बैठेंगे।

सुनकर सभी ने 'चलो देर है, अन्धेर नहीं' वाली कहावत प्रतिक्रिया में व्यक्त की थी। तत्पश्चात मरद की कुशल-क्षेम पूछ आगे बढ़ लिए।

उसके कोठरी में दाखिल होते ही, झिरझिरे बेने से अंगीठी के कोयले दहकाने का उपक्रम करती हुई परेशान किशोरी खिलौनी हाथ रोककर, फ्रॉक की बाँह से अपनी सुड़सुड़ाई नाक और पनिया रही आँखें पोंछते हुए बोली, "दो आदमी आए थे, माँ।"

खटिया पर बैठते हुए सिर पर से ओढ़नी हटाकर, गरदन पर खुल आए बालों को मुट्ठी में लपेट जूड़े में सरियाते हुए उसने खिलौनी को विस्मय से देखा—"कहाँ से?"

"यह तो बताया नहीं।"

"और तूणे पूछा णई, गधी! बस्ती में से थे?"

"बस्तीवाला कोई नईं था।" दोनों हाथों से बेना तेजी से फड़फड़ाती सयानों के-से अन्दाज में खिलौनी ने आत्मविश्वासपूर्वक जवाब दिया।

"आगे कहते क्या थे?"

"तुमको पूछ रहे थे।"

"तूणे क्या कहा?"

"मैंने कहा, माँ चौकी गई है।"

"फिर?"

"बोले, हम थोड़ी देर में चक्कर मार लेंगे।"

"अरे बौड़म, कुछ पूछणा था ण! किदर से आए? काम क्या?"

"ध्यान में नईं आया।"

"तेरे ध्याण में आता क्या है! सुअरी, चल हट! मैं अंगीठी सुणगाती, तू कणस्तर से चावण फटाफट पतीले में धो डाल।" उसकी बुद्धि पर कुढ़ते हुए उसने उचककर निकट धरे औंधे ड्रम पर रखी ढिबरी उठाई और उसका ढक्कन खोल, कोयलों पर थोड़ा मिट्टी का तेल ढलकाकर तेजी से बेना डोलाने लगी। दबी हुई आँच ने एकाएक लपट पकड़ ली...कौन हो सकते हैं? आस-पड़ोस,

नाते-रिश्तेदार यहाँ तक कि कुछ पुलिसवालों को भी खिलौनी भलीभाँति जानती-पहचानती है। उम्र तो उसकी अभी भी सखी-सहेलियों के संग गुड्डे-गुड़िया खेलने की है मगर इसी महीने-खाँड़ की बेदर्द मार ने उसकी बाल-सुलभ चंचलता को परिपक्वता का बाना पहना दिया है। उसके पीछे सारी सार-सँभाल वह इतनी कुशलता से करती है जैसे बरसों से उसे घर-गृहस्थी चलाने का अनुभव हो। सोचती है तो क्षोभ और ग्लानि से भर उठती है। अपनी फूल-सी कोमल बच्ची के कैशोर्य को उसने डस लिया। लेकिन उसके वश में है ही क्या!

"ये अठन्नी लौटी है।" मिट्टी के तेल की भरी बोतल उसके सामने रखती हुई, बनिये की दुकान से लौटी खिलौनी उसकी ओर एक सिक्का बढ़ाते हुए बोली, "दुकानवाला कह रहा था, पिछले सौदे के बारह आने बकाया हैं तुम पर। माँ, कोई सामान ले गई थीं...बाकी थे?"

"होगा।" उनसे कुछ याद करने की कोशिश करते हुए, सामने रखी ढिबरियों में तेल उड़ेलते हुए व्यस्त भाव से उत्तर दिया।

"मिट्टी का तेल भी ला दिया। अब मैं सुखविन्दर और ताप्ती के संग लँगड़ी खेल आऊँ?" खिलौनी ने बदले में लड़ियाकर छूट चाही तो वह उसे मना नहीं कर पाई। जाते हुए उसे पुकारकर यह जरूर कह दिया कि वापसी में गली से ढूँढ़-ढाँढ़कर करुआ, छुगनू और सज्जन को भी पकड़ लाए। जबसे उसकी दौड़ा-दौड़ शुरू हुई, पाजियों के पैर ही नहीं टिकते घर में। छुगनू और करुआ का तो वह अगली बस्ती में स्थित टंट स्कूल में नाम लिखवा आई है लेकिन दुष्ट वहाँ बैठने ही नहीं देते।

तनिक साँस में साँस आए तो इनकी खबर जम के ले...

ढक्कन बन्द कर, एक ढिबरी की बत्ती को तीली दिखा, औंधे ड्रम में रख ही रही थी कि अचानक अधखुले किवाड़ों के पीछे एक आदमी का चेहरा झाँकता हुआ नजर आया। वह चौंकी। चेहरा सर्वथा अपरिचित लगा। उठकर किवाड़ों के निकट आई। दो अपरिचित व्यक्ति देहरी पर खड़े थे। दिमाग पर जोर लगाकर भी वह उन्हें पहचान नहीं पाई। अचानक उसे खयाल आया, कहीं ये लोग वही तो नहीं हैं जिनका जिकर चौकी से लौटने पर खिलौनी ने उससे किया था? फिर भी अनजान बनते हुए उसने प्रश्न किया, "किससे मिलणे आए?"

उनमें से नाटे-से काले व्यक्ति ने जो उम्र और सूरत से युवक प्रतीत होता रहा था, मृदु स्वर में बोला, "तुमसे।"

"क्यों?"

"कुछ खास बातें करनी हैं।"

अबकी उत्तर ऊँचे, छरहरे सुग्गे की-सी नाकवाले, अपेक्षाकृत साफ रंग के दूसरे व्यक्ति ने दिया।

"मतलब?" वह उलझन से भरके बोली।

"मतलब साफ है। बात अपुन लोगों को दत्तूराम के बारे में करनी है।"

नाटे युवक ने जवाब दिया।

सुनकर उसका दिमाग सनका। कहीं ऐसा तो नहीं कि अकस्मात मरद की तबीयत बिगड़ गई हो और ये दोनों अस्पताल से उसे खबर देने आए हों? वह एकाएक अधीर हो आई, "बड़ी डॉक्टरणीजी णे भेजा है?"

नाटे ने तुरन्त उसकी बात काटी, "जरा बैठने का जग्गा मिलेगा?"

वह उनका अभिप्राय समझकर हड़बड़ाती हुई भीतर मुड़ने लगी, "मैं बाहर खटिया निकाल के लाती हूँ।"

"भीतर बैठें तो ठीक रहेगा।" आपस में दृष्टि-विनिमय करते हुए छरहरे व्यक्ति ने प्रस्ताव रखा।

उसने न चाहते हुए भी उन्हें कोठरी के अन्दर खटिया पर बैठने का संकेत किया। हालाँकि उसके मन में कुछ खटक रहा था कि ये लोग अस्पताल से नहीं आए हैं। अस्पताल से आए होते और बड़ी डॉक्टरनी का कोई सन्देश लाए होते तो निश्चित ही अब तक उसे बता चुके होते। ये सुक्खूराम सुनार के भी आदमी नहीं हैं। सुक्खूराम सुनार से तो वह परसों संझा ही मिलकर आई है और उसे अपनी विपत्ति से अवगत करा इस महीने किस्त न भर पाने की मापी माँग आई है।

"ऐसा है..." नाटे कदवाले ने अपनी पैनी, भेदती दृष्टि उस पर केन्द्रित कर, बड़े सधे हुए किन्तु अर्थपूर्ण लहजे में बातचीत शुरू की, "अपन लोग दत्तूराम की हत्यावाले केस की बावत मिलने आए हैं। तुमको तो मालूम होएगा, उनमें से दो लोग पकड़े गए हैं..." अपनी बात अधूरी ही छोड़कर उसने बड़ी चतुराई से उसकी प्रतिक्रिया भाँपनी चाही कि वस्तुत: उसे इस सूचना की कितनी और कहाँ तक खबर है।

उसकी बात सुनकर वह सन्नाटे में आ गई। यानी कि ये लोग...आशंका-मिश्रित भय से उसका हृदय काँप उठा। हाथ-पाँव ठंडे हो चले। वह घर में अकेली

है। बच्चे तक नहीं हैं घर में। उसकी चीख आस-पड़ोस में पहुँचने तक...उसने बड़ी सावधानी से अंगीठी पर फदक रही दाल का फेन करछुल से काछकर फर्श पर उड़ेलते हुए, दबी-दबी दृष्टि उनके इर्द-गिर्द दौड़ाकर सूँघने की कोशिश की, कहीं ये हथियारों से लैस तो नहीं हैं? लेकिन साहस छोड़ने से काम नहीं बनेगा। सचेत होकर उसने कमजोर हो रहे आत्मविश्वास को स्वयं चुनौती देते हुए ललकारा, जवाब कुछ-न-कुछ देना ही पड़ेगा—"मालूम है।" स्वर में उपेक्षा स्पष्ट थी।

"तीसरा भी पकड़ लिया गया।" नाटे कदवाले ने तनिक खिन्न स्वर में बात पूरी की।

इस सूचना ने उसके भयाक्रान्त मन को क्षण-भर के लिए आतंकमुक्त किया। वह भूल गई कि वह किन व्यक्तियों से घिरी बैठी है—"भगवान सबकी सुणता है।" वह माथे से अपने जुड़े हाथ छुड़ाकर उपकृत होते बोली। किन्तु दूसरे ही पल उनपर दृष्टि पड़ते ही उसने अनुभव किया कि उसके सन्तुष्ट हृदय के उद्गार उन्हें कुढ़ा गए हैं।

इस बार छरहरी देहवाला अपनी बटन जैसी चमकीली आँखें पटपटाकर कुटिलता से मुस्कराते हुए तमीज से बोला, "देखिए, हमें मालूम है, एकाध रोज के भीतर आपको चौकी पर दत्तूराम को छुरा मारनेवाले आदमी की शिनाख्त के लिए बुलाया जाएगा। उस आदमी को अगर कोई पहचानता है तो वो सिर्फ आप हैं...हम लोग आपके पास एक प्रस्ताव लेकर आए हैं। इसमें दोनों पक्षों की भलाई है।" थोड़ा रुककर उसने उसके चेहरे पर अपनी बातों की अनुकूल या प्रतिकूल प्रतिक्रिया का अनुमान लगाना चाहा किन्तु उसे कौतूहल से भरा पाकर बात आगे बढ़ाई, "आप दोनों अगर आपस में समझौता कर लें तो कोर्ट-कचहरी के फिजूल के झंझटों से मुक्त हो जाएँगे। वैसे भी, भले आपका केस सरकार लड़ेगी लेकिन कोर्ट-कचहरी के चक्कर से अभी आप वाकिफ नहीं हैं। तारीखों के फेर में आपकी जेब से हजारों रुपये फुँक जाएँगे, केस जीत भी गईं तो क्या मिलेगा इंजरी कम्पनसेशन के अलावा? कोर्ट-कचहरी आपके बूते की चीज भी नहीं है।"

वह अबूझ स्वर में इतना ही बोली, "आपका मतलब?"

"मतलब साफ है।" वकीलों की-सी चालाकी से उसने उत्तर दिया, "आप अगर उस हत्यारे को पहचानने से मुकर जाएँगी तो हम उसकी कीमत आपको चुका देंगे। बाकी जिन मामलों में पुलिस उन्हें घसीट रही है, हम निपट लेंगे। बोलिए?"

"मेरे मुकर जाणे से पुलिस उसे छोड़ देगी?"

"आपके मुकर जाने से पुलिस कोई चश्मदीद गवाह नहीं जुटा पाएगी। केस में दम रहेगा ही नहीं। देखिए, पुलिस ने झूठ-मूठ दफा 306 में हत्या का मामला बनाया है। सच्चाई आप भी जानती हैं। अगर उनका दत्तूराम की हत्या का कोई इरादा होता तो वे उसे घर में घुसकर नहीं खत्म कर सकते थे? यह तो सरासर झड़प का मामला था, जान-बूझकर मारने की साजिश नहीं।" खैर, जो हुआ सो हुआ, हम साफ बात कह रहे हैं। आपके सामने ये पाँच हजार रुपये रखे हैं।" उसने खटिया से खड़े होकर कुरते की जेब से नोटों की गड्डी निकाली और उसके आगे झुककर रखते हुए ढिठाईपूर्वक बोला, "यह आपके मुकरने की कीमत है। कुछ ज्यादा की माँग होगी आपकी, तो वह भी पूरी हो सकती है... लेकिन वह शिनाख्त से मुकरने के बाद ही मिलेगी।"

सौदा! मरद की जान का सौदा! अभी वह पूरी तरह से स्वस्थ भी नहीं हो पाया। अविश्वास की डोर में झूलता उसका अन्तस डॉक्टरनी के निरन्तर दृढ़ आश्वासनों के बावजूद हरदम काँपता रहता है। पता नहीं किस क्षण अमंगल घटित हो जाए और...ये नीच उसे मरद के घावों की कीमत चुकता करने आए हैं! इन्होंने कैसे समझ लिया कि अभावों की मार से रोम-रोम आहत उसकी आत्मा का इस कदर पतन हो जाएगा कि वह नोटों की गड्डी देख इनके आगे घुटने टेक देगी?

क्रोध और उत्तेजना से उसका सर्वांग काँप उठा। नोटों की गड्डी बनाकर तिरस्कार से उनके मुँह पर मारते हुए वह पूरे संयम के बावजूद दाँत पीसती हुई चीखी, "मजाक उड़ाने आए मजदूर माणस का! अरे, कोई कितना भी गिर जाएगा, अपणे मरद की जाण की कीमत खाएगा...उठाओ गड्डी...सिद्धा रास्ता णापो अपणा! आगे मेरी कोठणी में पाँव नईं रखणा...कमीणे, कुत्ते!"

उसकी दुत्कार से रंचमात्र विचलित हुए बिना आराम से नोटों की गड्डी जेब के हवाले करता हुआ छरहरे शरीरवाला बड़ी बेहयाई से मुस्कराया, "गुस्सा थूक दीजिए, रात-भर इत्मीनान से सोचिए। खूब सोचिए...जैसा कि मैंने पहले कहा...यह समझौता दोनों पक्षों के हित में है। हम सुबह दस-ग्यारह के बीच दोबारा आएँगे!"

फिर अपने स्थान से उठ खड़ा होते हुए तनिक चेतावनी-भरे स्वर में बोला,

"जो कुछ भी घटा, वह दुर्भाग्यवश ही घटा...लेकिन आगे जो कुछ घटेगा, उसकी जिम्मेदारी आप पर होगी। यह भी ध्यान रहे, पुलिस को इत्तिला करने का मतलब होगा सीधे हमें खबर पहुँचाना। वैसे आप तक आने की नौबत ही न आती, अगर वह पुलिस इंस्पेक्टर गोयल सीधी उँगली घी निकल आने देता।"

वह मुड़ा और तेजी से कोठरी से बाहर हो गया। उसके पीछे वह नाटा युवक भी निकलकर साथ हो लिया।

मन-ही-मन रोष घुटकती हुई महेन्दरी घृणा से सिर झटककर भुनभुनाई, "धौस देण आए! बड़े धौंस देणेवाले देखे, सूअर की औलाद! हुँह!"

अस्पताल का अहाता पार कर सीढ़ियों के निकट पहुँचते ही सहसा उसे खयाल हो आया, शायद वह अपना प्रवेश-पत्र साथ लाना भूल गई। इतना तो है कि चलते समय मरद की तमाखू की पुड़िया रखना उसे बराबर याद था; लेकिन हबड़ा-तबड़ी में पास के विषय में रत्ती-भर ध्यान नहीं आया। हो सकता है, पास झोली में पड़ा हो। झोली का सामान एक ही सूरत में इधर-उधर होता है, जब वह चीज-बस्त खरीदने की खातिर झोली खाली करके साथ ले जाती है। उसने तुरन्त सतर्कतापूर्वक झोली टटोली—तमाखू की पुड़िया, चूने की डिबिया, एक केला, बन्द, पाव—सभी कुछ झोली में बाकायदा बरामद हुआ, एक पास ही गायब था। वह परेशान हो आई। वार्ड के प्रवेश-द्वार पर यदि कोई अड़ियल खड़ा हुआ पहरेदारी कर रहा होगा तो उसका भीतर दाखिल होना दूभर हो जाएगा। एक बूढ़ा चपरासी बड़ा सख्त है। उसके सामने चाहे जितना रोओ-गिड़गिड़ाओ, तर्क-वितर्क करो, वह एक नहीं सुनता। निरुपाय उलटे घर लौटना पड़ता है। इतनी उदारता वह अवश्य बरतता है कि चीजें उसे सौंप दीजिए, वह पूरी ईमानदारी के साथ सम्बन्धित मरीज को पहुँचा देगा। चलो, यही सही। तमाखू की पुड़िया समेत शेष सामान उसे ही दे देगी। वह मरद को पहुँचा देगा। उसे भीतर जाने को मिल जाता तो यही फायदा होता कि उसकी मरद के साथ-साथ बड़ी डॉक्टरनी से भी भेंट हो जाती और अगर मरद के स्वास्थ्य के विषय में उसकी कोई विशेष चिन्ता या जिज्ञासा होती तो उनसे बात कर, उसका भी निदान हो जाता।

कल सुबह की ही बात ले लो। मरद ने जिद्द ठान ली कि उसका मन

तमाखू-चूने के लिए बहुत मचल रहा है। काम न धाम, दिन-भर पड़े-पड़े जी उकताता रहता है। ठोंक-पीटकर चुटकी-भर होंठों से चाँपे पड़ा रहेगा तो समय सर्र-सर्र दौड़ जाएगा। उसे मरद की माँग पर आपत्ति हुई। दवा-दारू चल रही है, नशे की चुटकी कहीं नुकसान कर बैठी तो? लेकिन उसके मन की ललक भाँपकर उसे मनोबल-भरे स्वर में आश्वस्त किया, बिना बड़ी डॉक्टरनी से परामर्श किये वह कुछ भी लाकर नहीं देगी। उनकी ओर से हरी झंडी मिली नहीं कि वह अगली सुबह तम्बाखू-चूना शर्तिया संग में लाएगी।

साढ़े आठ के करीब बड़ी डॉक्टरनी मरीजों से मुलाकात के लिए आई। मरद के पलंग के निकट आते ही वह उनसे उलझन-भरे स्वर में संकोचपूर्वक बोली, "तमाखू खाणे को माँग रहा। आप बोलो तो लेके दे दूँ, डॉक्टरणी जी?"

"कोई हर्ज नहीं, बशर्ते ज्यादा न खाए!" दत्तूराम की तनावपूर्ण मानसिक स्थिति का विचार करते हुए उन्होंने अनुमति के बावजूद चेतावनी टिकाई। प्रतिक्रिया में मरद ने अपने दीन चेहरे पर कृतज्ञ भाव लाकर, किसी अबोध बालक की भाँति तौबा करने के अन्दाज में कानों को स्पर्श कर हाथ जोड़ दिए।

प्रवेश-द्वार पर परिचित चेहरेवाला कोई अन्य ही चपरासी खड़ा हुआ मिला। वह भीतर-ही-भीतर चौकन्नी किन्तु ऊपर से सहज भाव बनाए हुए बिना उसकी ओर देखे तेज कदमों से वार्ड में दाखिल हो गई। जेल से अप्रत्याशित छूटे हुए कैदी की-सी राहत उसके क्षणों पूर्व धुकपुकाते हृदय को उल्लसित कर गई।

मरद ने उसे देखते ही बालसुलभ बेसब्री के साथ मचलते हुए पूछा, "तमाखू-चूना लाई?"

"लाई, ले।" उसने झोली में से तमाखू और चूने की डिबिया निकालकर प्रसन्न भाव से उसकी ओर बढ़ाते हुए कहा। फिर पलंग के नीचे सरकाई हुई तिपाई को बाहर खींचकर सिरहाने आ बैठी। आज मरद से ढेर-सी बातें करना चाह रही है। रात जिस घड़ी उसने मरद के हत्यारे के कुत्तों को अपनी देहरी से दुत्कार भगाया था, चैन की नींद सोई थी। मन-ही-मन ताने-बाने बुनती हुई कि कल सुबह जब वह अस्पताल पहुँचेगी, किस प्रकार उन दलालों की नीचता-भरी हरकत के विषय में मरद को बताएगी। आए थे दाढ़ीजार उसके घायल मरद का मोल देने। सोचा होगा, अकेली औरत-जात मुसीबतों की कोंचा-कोंच से भुरकुस हुई पड़ी होगी। क्या देर लगेगी उसे रुपयों की चमक दिखाकर मुट्ठी में

लेते? मगर याद करेंगे बच्चू। निर्धन, असहाय की भी अपनी मान-मर्यादा होती है, इज्जत-आबरू होती है, स्वाभिमान होता है। उसे तो पसीने से आटा माँड़कर खाने की आदत होती है, इतनी आसानी से डिग लेगी वह!

रात की घटना स्मरण आते ही उत्तेजित हो आई—सुना ही दे मरद को सारा किस्सा। तिपाई पर बैठी हुई वह तनिक आगे को झुक, मरद का ध्यान अपनी ओर आकृष्ट कर बोलने को ही हुई, "सुण, कल रात..." कि अचानक मरद के मुँह से निकली कराह सुनकर मुँह की बात मुँह में ही रह गई। मरद को जरूर कोई तकलीफ है। उसे कल की घटना सुनाने के लिए उतावला नहीं होना चाहिए। आई है तो पहले उसके हाल-चाल जान ले। वैसे ही वह स्वभाव से अत्यन्त संकोची है, अपने कष्टों को छिपाकर रखनेवाला, जब तक कष्ट "आह-ऊँह" के उद्‌गारों से स्वयं अपने निदान का शोर न मचाने लगे। वह उसकी आदत से भलीभाँति परिचित है। जानती है कि डॉक्टरनी जी के पूछने पर भी वह अपनी आन्तरिक तकलीफ का दसवाँ अंश ही प्रकट करेगा। वही कुरेद-कुरेदकर अस्वस्थता की तह तक जाने की कोशिश करती है और डॉक्टरनी जी के आने पर उन्हें बताने लगती है—'यह कह रहा है डॉक्टरणी जी, इसकी पसलियों में रात बहुत दर्द था...' 'आज इसे साँस लेणे में बहुत तकलीफ हो रही है, डॉक्टरणी जी।'

"कहीं दरद है?"

मरद ने अधलेटे होने का उपक्रम करते हुए इनकार में सिर हिला दिया। उसकी बैठने की इच्छा को महसूस कर उसने फुरती से आगे बढ़कर उसे सहारा दिया। काफी पूछने-ताछने के पश्चात उसने मात्र इतना ही बताया कि सीधे लेटा रहे तो कोई बात नहीं लेकिन जैसे ही वह करवट भरता है या उठकर बैठने की चेष्टा होती है, रीढ़ की हड्डी चिलक उठती है। उसने स्नेहावरुद्ध होकर मरद को सान्त्वना दी कि ऐसा होना स्वाभाविक है। महीने से ऊपर हो रहा है उसे बिस्तर पर पड़े हुए। रीढ़ की हड्डी अकड़ेगी नहीं तो क्या होगा।

कुछ ही देर बाद बड़ी डॉक्टरनी वार्ड में गश्त के लिए आईं। आते ही वे अपने सहायकों के संग सीधा मरद के पलंग के पास ही चली आईं। उसने आगे बढ़कर तपाक से उन्हें नमस्ते किया। किन्तु जवाब में वे व्यस्तता प्रदर्शित करती हुई, बिना उसकी ओर उन्मुख हुए मात्र सिर हिलाकर रह गईं। बड़ी डॉक्टरनी का यह सर्वथा अप्रत्याशित व्यवहार उसे विस्मित कर गया, कुछ आहत भी। हालाँकि

आज वे अन्य दिनों की अपेक्षा उसे गम्भीर और चिन्तित नजर आईं। कुछ समझ में नहीं आया कि बात क्या है। तभी उसने पाया कि बड़ी सिस्टर ने किसी की एक्स-रे प्लेट निकालकर उनके सामने बढ़ा दी। एक्स-रे को सावधानीपूर्वक चुटकी से पकड़कर, वे उसे थोड़ा ऊपर उठा गहरी सूक्ष्मता से देखने लगीं। तत्पश्चात अपने सहायकों की ओर मुड़कर उनसे अँग्रेजी में कुछ विचार-विमर्श करती हुई, एक्स-रे प्लेट सिस्टर को वापस लौटा, दत्तूराम को मुँह के बल लेटने का आदेश दे, उसकी रीढ़ की हड्डी को दबा-दबाकर देखने लगीं।

"ठीक है, बढ़िया। अब सीधे हो जाओ, दत्तूराम।"

वह समझ गई। कल उसके चले जाने के बाद मरद को रीढ़ की हड्डी में एकाएक कोई कष्ट आया होगा, तभी एक्स-रे वगैरह तत्काल कराए गए होंगे।

उसकी उत्सुकता ताड़कर, बड़ी डॉक्टरनी थोड़ा अलग हटकर उससे मुखातिब हुईं और आत्मीय स्वर में बोलीं, "दत्तूराम घर जाने की छुट्टी चाहता है। पड़े-पड़े इसका जी ऊबता होगा पर अभी दस-पन्द्रह रोज तक तो कुछ कह पाना मुश्किल है। एक बात गाँठ बाँध लो, यह ठीक हो जाए, फिर भी इसे रिक्शा न खींचने देना। रिक्शा खींचना इसके लिए प्राणघातक है। रीढ़ की हड्डी बढ़ गई है। किसी प्रकार का जोर सहन नहीं होगा।"

सुनकर वह सकते में आ गई। लगा, गला बेतरह खुश्क हो रहा है। सिर में घुमनी-सी चढ़ रही है। पानी पी ले तो शायद थोड़ा सकून मिले।

बड़ी डॉक्टरनी के अपने सहयोगियों के साथ अगले मरीज की ओर बढ़ते ही वह अपने को लगभग खींचती हुई-सी उठी। मरद के पलंग से सटी रखी छोटी-सी मेजनुमा अलमारी पर रखे लोटे में से उसने गिलास में पानी उड़ेला और गटागट पीने लगी। यह क्या! महसूस हो रहा है जैसे पानी के घूँट नहीं बल्कि मोटे-मोटे नुकीले ओले उसके गले में सरक रहे हैं।

रिक्शा नहीं खींच सकेगा तो करेगा क्या? जब से कमाना शुरू किया है, रिक्शा ही खींच रहा है। वही उनकी आजीविका का एकमात्र साधन रहा है। लेकिन जब जोर सहन नहीं होगा, तब...तब कैसे घर चलेगा? अकेली लेन की आय से क्या-क्या कर लेगी वह? सुक्खूराम की सौ रुपये महीने की किस्त चुकाएगी, अनाज-पानी भरेगी, सभी के तन पर कपड़े-लत्ते डालेगी और...और एक और अनिच्छित जनमे बच्चे को पालेगी...अपनी अशक्त देह से लाचार मरद

अब उसके लिए बच्चा ही तो है...फिर अभी अस्पताल और चौकी की रखड़पट्टी से ही त्रस्त है, आगे कोर्ट-कचहरी कैसे झेलेगी? क्षण-प्रतिक्षण छीजती उसकी दुर्बल देह भी अब अँगूठा दिखाने लगी है। दिखाए नहीं? जूए में जुते बैलों को भी सानी-पानी की मोहलत मिलती है, उसके भाग्य में वह भी नहीं बदा।

"सुण महेन्दरी! मेरा फरज बणता है तेरे को पहले पूछणा। कारण के तू मेरे सामणेवाली लेण करती...दाहिणी करती तो तू बाईं भी खरीद ले, आमणे-सामणे के टंटे से बची रहेगी"—चारेक रोज पहले अस्पताल से घर लौटते हुए रास्ते में अचानक हुई भेंट में उसकी बिरादरी की ही जनानी कटोरी ने उसके सामने यह प्रस्ताव रखा था कि उसकी बड़ी बिटिया झुलनी का ब्याह इसी उतरते बैसाख में लग गया है। खर्च-पानी का अरराता बोझ एकाएक सिर पर आ पड़ा है। इसीलिए उसने अपनी तीन लेन में से एक को निकाल देने का निर्णय किया है। दो लेन उसकी पाण्डव नगर में हैं। वे दोनों आमने-सामने की हैं। उन्हें वह अपने पास रखेगी।

कटोरी का प्रस्ताव सुन वह कटाक्ष से खिलखिला पड़ी थी कि यह भी कोई मजाक का तरीका है। उसके घर एक वक्त से दूसरे वक्त अंगीठी नहीं सुलगती। वह भला लेन का मनसूबा बाँधे भी तो किस बिना पर?

"सोच ले। किसी और को साढ़े तीण हजार से कम में णई दूँगी। तेरी खातिर तीण लगा लूँगी, महेन्दरी..."

अचानक वह अपनी झोली उठाते हुए खड़ी हो गई और अन्यमनस्क-सी मदद के माथे पर हाथ रख, खोये हुए स्वर में बोली, "चलती हूँ, लेण भी करणी है अभी।"

मरद ने असहाय मूक दृष्टि से उसे देखा-भर। बस।

वार्ड से बाहर आते ही उसके कदमों में तीर-सी तेजी आ गई। उन लोगों ने कहा था—'हम सुबह दस-ग्यारह के बीच दोबारा आएँगे।' और नौ यहीं बज रहे हैं। उसने वार्ड से निकलते समय बड़ी सिस्टर की मेज के ऊपर लगी दीवारघड़ी पर नजर डाली थी।

(1986)

अवान्तर कथा

हे मेरे पाठक बन्धु-बान्धवियो! मैं बहुत मुश्किल में हूँ। पिछले डेढ़-दो महीने से मैंने अपने नाम आए पत्रों को पढ़ना तो दूर, खोलना भी बन्द कर रखा है। खोलते हुए मेरा संवेदनशील हृदय काँपता है। पता नहीं, कब किस खत को खोलते ही किसी संस्था द्वारा किसी नए लेखक की किताब पर अपनी टिप्पणी पढ़ने का आमंत्रण विषैले सर्प-सा फनफनाकर बाहर निकल पड़े या किसी साहित्यिक गोष्ठी में 'हिन्दी साहित्य : दशा और दिशा' पर परचा पढ़ने का अनुरोध या 'वर्तमान साहित्य में महिला लेखिकाओं का योगदान' पर सार्थक हिस्सेदारी का आह्वान या 'महिलाओं का शोषण, पुरुष-दम्भ का पोषण' विषय पर आयोजित कार्यशाला में अपने विचार प्रकट करने के सुअवसर का आमंत्रण। सच तो यह है कि इन आयोजनों में शामिल होकर किसी भी जागरूक लेखिका या लेखक को हार्दिक प्रसन्नता अनुभव होती है। भले ही इन आयोजनों में जो बोलनेवाले हों, वही सुननेवाले ही क्यों न हों। मगर इससे क्या होता है? ज्यादा खुशी तो उसे उस वक्त प्राप्त होती है, जब संयोजक एक छोटी-सी परची पर 'रेवेन्यू स्टाम्प' चिपकाए उसके पास पहुँचता है और किसी बनिये की तरह होंठों पर आत्मदया उपजाती मुस्कान लपेट, परची पर हस्ताक्षर करवाकर 'पत्रम-पुष्पम्' भेंट करता है।

मुझे भी ऐसे आयोजनों का आमंत्रण-पत्र प्राप्त कर अत्यन्त खुशी होती थी क्योंकि मैं भी शत-प्रतिशत एक जागरूक लेखिका हूँ!

लेकिन इधर 'पत्रम-पुष्पम्' का प्रलोभन और अल्प किन्तु गम्भीर

श्रोताओं के साहचर्य का सुअवसर प्राप्त करने को सदैव व्याकुल मेरा सुधी मन अपनी भावनाओं को निर्ममता से कुचल, किसी भी पोस्टकार्ड, लिफाफे या अन्तर्देशीय की इबारत पढ़ने से कतराता है। कारण बताने मन संकोच और लज्जा से गड़ा जा रहा है; किन्तु अपने क्षुब्ध हृदय की व्यथा-कथा आपसे न कहूँ तो किससे कहूँ? कौन समझेगा मेरा दु:ख-दर्द! क्योंकि यह कठोर सत्य है कि न पति, न भाई, न आप, न मित्र, न प्रेमी, न पड़ोसी—कोई भी पाठकों के मुकाबले न तो संवेदनशील होता है और न ही परदु:ख-बाँटक। यह भी कटु सत्य है कि कहने में विलम्ब करने से आपका मूड बदल सकता है, सो, मेरी वेदना सुन ही लीजिए।

काश, मैं किसी डॉक्टर, इंजीनियर, वकील, कम्पाउंडर, क्लर्क, हवलदार या चाहे किसी घसियारे की ही बीवी होती पर किसी सम्पादक की पत्नी न होती। आप मेरी बात सुनकर जरूर हँसेंगे। टिप्पणी करेंगे कि अजीब मूरख पत्नी है। जिसका पति सम्पादक है, उसे भला क्या दु:ख! यह तो बड़े सौभाग्य की बात है। पूर्वजन्म का सुफल है। कितनी औरतों को ऐसा पति मिलता है? आपका मनोभाव सत्य है। किन्तु 'पूर्वजन्म' का यह सुफल मेरे लिए भी धन्यभाग सिद्ध होता अगर देश के अधिकांश सम्पादकों की पत्नियों की तरह मैं भी मात्र चमचा-करछुल-स्वामिनी होती, लेखिका न होती।

सारी मुसीबत की जड़ तो यही लेखिका है। अगर मैं लेखिका न होती तब निश्चित ही मेरे दु:खों की तालिका बड़ी मामूली होती। मेरी चमचा-करछुल स्वामिनी बहनें मेरे इस तर्क से रुष्ट हो सकती हैं लेकिन मुझे यकीन है कि मेरे अन्तर्मन की पीड़ा से परिचित होते ही वे क्षमाशील हो उठेंगी। हो सकता है, पाठकों की-सी संवेदना सहसा उनमें भी जाग जाए। आप कहेंगे कि मैं अनर्गल पहेलियाँ बुझाने में समय व्यर्थ कर रही हूँ। असल मुद्दे पर क्यों नहीं आ रही?

लीजिए, आ गई। आमंत्रण के प्रत्युत्तरस्वरूप जहाँ भी मैं पहुँचती हूँ, मेरे सम्पादक पति का हुक्का वहाँ पहले से ही मौजूद होता है। मैं निमंत्रण तो एक कहानी-लेखिका के ही रूप में प्राप्त करती हूँ, आयोजन में पहुँचती भी कहानी-लेखिका के रूप में हूँ, बोलती भी कहानी-लेखिका की तरह ही हूँ; मगर गोष्ठी समाप्त होते-होते बन जाती हूँ—केवल 'सम्पादक की पत्नी।' जिस पहचान की

खातिर मैं निरन्तर कलमघिसाई में लगी हुई हूँ और भविष्य में भी लगी रहूँगी, उस साधना को पलक झपकते ही सम्पादक-पत्नी बना देते हैं लोग। यह ठेस पहुँचानेवाली बात नहीं है क्या?

साल-भर पहले की घटना सुनाऊँ। मध्य प्रदेश की एक संस्था द्वारा आयोजित गोष्ठी में सम्मिलित होने मैं सोत्साह जबलपुर पहुँची। संयोजकों ने अतीव कृतज्ञ-भाव से मेरे आगमन पर प्रसन्नता जाहिर की जैसे कहानी की डूबती नैया की रक्षा हेतु अनायास कुछ चप्पू उन्हें हाथ लग गए हों और अब कहानी के जीवन के प्रति वे आश्वस्त हो गए हों। गोष्ठी काफी तगड़ी रही। लेखिकाओं का अच्छा जमावड़ा था। कथा-साहित्य पर विचारोत्तेजक बहस पर परस्पर अखाड़ेनुमा विचारों का आदान-प्रदान हुआ। गोष्ठी के अन्त में कई प्रशंसकों से मेल-मुलाकात हुई। 'वाह! 'वाह!' की खूब मालाएँ पड़ीं। मन सन्तुष्टि-भाव सँजोए सभी से हँस-बोल रहा था, तभी अचानक मुझ पर चारों ओर से हमले होने शुरू हो गए। मैं हकबकाई-सी मामला समझने की कोशिश कर ही रही थी कि एक उभरते हुए युवा कथाकार ने मृदु आग्रह के साथ मुझसे एक मिनट के लिए एकान्त माँगा। अकेले होते ही उसने तपाक से एक खाकी लिफाफा मेरी ओर बढ़ाकर कहा, "लेखिका जी, यह कहानी जरा गौर से देख लीजिएगा। निश्चित ही आपको पसन्द आएगी। इसे सम्पादक जी तक पहुँचा देंगी तो मैं आपका जीवन-पर्यन्त आभारी रहूँगा।"

मैंने प्रतिवाद किया, "मेरे पसन्द आने, न आने से क्या होता है। अगर आप कहानी को पत्रिका में प्रकाशनार्थ भेजने की मंशा से मुझे दे रहे हैं तो कृपया इसे डाक द्वारा स्वतन्त्र रूप से भेजिए। वही सही तरीका है।"

प्रत्युत्तर में वे थोड़ा खिन्न हुए—"डाक से ही भेजी थी।" अधीर होकर उन्होंने लिफाफा मेरे हाथों से लगभग झटककर लेते हुए कहा, "यह देखिए, क्या आपको साफ-सुथरी तह देखकर प्रतीत होता है कि इसे सम्पादकीय विभाग ने पढ़ने की जहमत उठाई है! तीन महीने बाद यह कहानी पत्रिका के कार्यालय से अस्वीकृत होकर लौट आई है। मैं शर्त बद सकता हूँ कि इस रचना को बिना पढ़े ही मुझे लौटा दिया गया है।" वे बोलते-बोलते तनिक आवेश से भर आए और आसपास कुछ और जुड़ते लोगों की परवाह किये बिना फिर बोले, "मैं इसे वापस आपको कतई न देता; लेकिन जानता हूँ कि आप एक संवेदनशील सजग रचनाकार हैं। सही और

सच्ची रचना को उसका हक दिलाने में अवश्य मदद करेंगी।"

"आप मुझसे क्या चाहते हैं?" मैंने अपने को सजग कथाकार की चुनौती से भर दिए जाने पर तनिक सान पर चढ़ते हुए पूछा।

"मुझे यकीन है कि यह रचना सम्पादक तक नहीं पहुँची है। आप इसे अगर सम्पादक तक पहुँचा देंगी तो निश्चित ही मुझे न्याय प्राप्त होगा। और मुझे यकींन है कि न्याय मेरे हक में होगा। दरअसल सम्पादकीय विभाग में बैठे हुए छुटभइए रचनाकार हम जैसे विस्फोटक सृजनकर्ताओं से घबराते हैं कि अगर हमसे उनका मुकाबला हो गया तो डूबने के लिए उन्हें चुल्लू-भर पानी भी नसीब नहीं होगा।"

मैंने उन्हें 'न्याय' दिलाने का आश्वासन थमाकर लिफाफा अपने पर्स में रख लिया। अभी पर्स की चेन लगा ही रही थी कि एक बहुचर्चित प्रौढ़ रचनाकार आहिस्ता से निकट आ खड़े हुए—"लेखिका जी, आमंत्रण-पत्र पर सम्भागी रचनाकारों की सूची में आपका नाम पढ़कर मैं बहुत प्रसन्न हुआ। आपने कुछ महिला कथाकारों पर अश्लीलता का आरोप लगानेवालों को मुँहतोड़ जवाब दिया है। मैं आपकी बात से शत-प्रतिशत सहमत हूँ। खैर, मैं पहले यह नहीं जानता था कि आप फलाँ सम्पादक की पत्नी हैं। आप रह भी तो मुम्बई में रही थीं न?"

"जी।" मैंने आशंकित हृदय से उनकी 'हाँ' में 'हाँ' मिलाई।

उन्होंने फौरन कन्धे पर झूल रहे अपने सफरी झोले में से उस पत्रिका का नया अंक खोलकर मेरे सामने कर दिया जिसके मेरे पति सम्पादक हैं। फिर एकाएक फुन्नाते हुए कहने लगे, "देखिए, क्या सत्यानाश किया है सम्पादक ने मेरी कहानी का! इस बुरी तरह से काटा-कूटी की है कि मन कर रहा है, स्सऽऽऽ....तुरन्त मुकदमा ठोंक दूँ...है न यह बेहूदगी! अगर कहानी छापने की तमीज नहीं है तो कहानी मँगवाते ही क्यों हैं? मत मँगवाइए। पर यह हक आपको किसने दिया है कि कहानी की ऐसी-तैसी कर दीजिए!"

क्रोध से उसके नथने फड़कने लगे। वे आगे कुछ और कहते कि आसपास जुड़ आए कुछ और उदार लोगों ने उन्हें फटकारा कि भई, जो कुछ कहना है, सम्पादक जी से कहो। इनसे पत्रिका का क्या ताल्लुक है! मैं कोई उत्तर देती कि

पीछे से एक खुसफुसाता कटाक्ष उछलकर गरम तेल की बूँद-सा मेरे कानों में टपका—"ताल्लुक है क्यों नहीं? सरासर है! जिस दिन घर में इनसे सम्पादक की चूँ-चपड़ होती होगी, बलि का बकरा बेचारी कहानियाँ बनती होंगी। उठाया रूल और खट से काट दिया छह इंच मैटर।"

ऐसा मन उखड़ा कि क्षुब्ध होकर निश्चय किया कि आइन्दा से मैं किसी साहित्यिक आयोजन में सम्मिलित नहीं होऊँगी। मगर यह निश्चय बहुत जल्दी टूट गया क्योंकि मौका आदर-सत्कार प्राप्त करने का था, बहस-मुबाहसे का नहीं। देखा जाए तो बेचारे लेखक-लेखिकाओं को एक आदर-सत्कार ही तो है जो भरपूर खुले हाथों से मिलता है, बाकी तो मात्र 'पत्रं-पुष्पम्' होता है। बात यह थी कि महीने-भर बाद अखबारों में यह सूचना प्रकाशित हुई कि नागपुर की एक महत्त्वपूर्ण सामाजिक संस्था जो प्रतिवर्ष किसी-न-किसी लेखक को उसके सृजनशील लेखन के लिए सम्मानित करती है, इस वर्ष मुझे इक्कीस सौ रुपये के पुरस्कार से सम्मानित कर रही है। मेरी प्रसन्नता का पारावार न रहा। और जैसा कि सर्वविदित है, आदर-सत्कार झर-झर बरसने लगा। बधाइयों का ताँता लग गया। लगा कि मेरी लेखन-साधना अपना दाय प्राप्त कर रही है।

आखिर वह समय भी आ गया, जब मुझे पुरस्कार ग्रहण करने नागपुर पहुँचना था। सारा कार्यक्रम अत्यन्त शालीन और सम्मानजनक वातावरण में सम्पन्न हुआ। अपने को सातवें आसमान पर (पता नहीं वह कहाँ है) बैठाए हुए मैं संयोजकों और प्रशंसकों से घिरी, भावभीनी विदाई-समारोह में महत्त्वपूर्ण भूमिका अदा कर रही थी। सिग्नल हुआ। गाड़ी ने चींटी की चाल से रेंगना शुरू कर दिया। मेरी आँखें सजल हो ही रही थीं कि तभी खिड़की के संग-संग आगे बढ़ते हुए संस्था के एक प्रमुख ने एक खाकी वजनदार लिफाफा मेरी ओर ढिठाई से बढ़ाकर, स्वर को तनिक विनम्र बनाकर कहा, "यह पुरस्कार-वितरण समारोह की रपट तथा कुछ चित्र हैं। कृपया इन्हें सम्पादक जी को दे दें। अगले अंक में ही रिपोर्ट छपवा दें। बहुत अच्छा रहेगा। संस्था के सदस्यों का उत्साहवर्द्धन होगा। ज्यों-की-ज्यों रपट आ जाए तो और भी अच्छा। फिर जैसा आप उचित समझें...धन्यवाद।"

अभी मैं सकपकाई हुई-सी सदैव की भाँति लिफाफा पर्स में रख ही रही थी कि आकाशवाणी-सा एक कटखना जुमला मुझे वेध गया—"भई, घाटे का सौदा

नहीं रहा। इक्कीस सौ देकर पाँच हजार की पब्लिसिटी क्या बुरी है!"

सुनकर सारे उत्साह पर घड़ों पानी पड़ गया। मन हुआ कि गति पकड़ती गाड़ी में से तत्काल पुरस्कार की राशि का चेक संयोजकों के मुँह पर उछाल दूँ कि धिक्कार है ऐसे पुरस्कार पर, जो गुणा-भाग की राजनीति के चलते दिया जाता हो। ऐसा महत्त्व नहीं चाहिए। यह मेरी लेखकीय अस्मिता का मजाक है। पर लेखकीय समझदारी और शालीनता ने उत्तेजित हृदय को तुरन्त डपटा कि वह यह कैसी बेहूदा बातें सोच रहा है। घर आई लक्ष्मी को कोई यूँ ठुकराता है क्या? पर्स की चेन पर टिका मेरा हाथ तुरन्त हटकर खिड़की के सींखचों पर जा लगा।

वह निर्णायक किस्सा भी सुन लीजिए पाठको जिसके चलते मैंने पिछले महीने-भर से डाक को हाथ लगाना तो दूर, उस ओर देखना भी बन्द कर रखा है। क्या करूँ...ऐसी साँसत में ईश्वर किसी को न ढकेले जैसी कि मुझ पर गुजर रही है। हुआ यों कि एक सुसंगठित संस्था ने मुझे वसन्तोत्सव के रूप में मनाई जा रही एक नवलेखन कथागोष्ठी में बड़े इसरार से आमंत्रित किया। बहुत बहाने बनाए। अड़चनों पर अड़चनें गढ़ती रही। उनका फोन आए तो फिल्मी तारिकाओं की तरह स्वयं फोन पर उपलब्ध होकर भी नौकरानी बनने का ढोंग रचने लगी। रचनाकार हूँ न! अत: कुछ भी रच लेने में न दिक्कत होती है, न झिझक। लेकिन वे लोग थे कि मुझे बुलाने को कटिबद्ध थे। नहीं माने। मेरा हठ डगमगा गया।

खैर, गोष्ठी खूब जमी। नए रचनाकारों ने जो भी कहानियाँ पढ़ीं, उनको खूब पसन्द किया गया। प्रोत्साहन के विचार से मैंने भी उन्हें खूब सराहा और उन्हें डंके की चोट पर भविष्य की उम्मीद बताया। सब कुछ ठीक-ठाक निर्विवाद निपट गया। चलने लगी तो कुछ उत्साही रचनाकार संयोजक के साथ बस अड्डे तक विदा देने आए। चलते समय सभी युवा रचनाकारों ने बड़ी आत्मीयता से गोष्ठी में पढ़ी गई अपनी-अपनी कहानियाँ मुझे टिका दीं और बोले, "इन रचनाओं को आप सहित सभी श्रोताओं की प्रशंसा और स्वीकृति प्राप्त हुई है। आपने इन्हें भविष्य के लेखन की उम्मीद भी कहा है। कृपया इन्हें सम्पादक जी तक पहुँचा दें और प्रकाशन की व्यवस्था करवा दें तो नवलेखक आपके इस सहयोग के लिए सदैव उपकृत रहेगा।"

मुझे काटो तो खून नहीं। बिना चूँ-चपड़ किये कहानियाँ पर्स में सरका दीं।

घर लौटकर अपना माल-असबाब यथास्थान टिका मैंने वह लिफाफा तत्काल निकालकर पति सम्पादक के सामने अपनी जोरदार सहमति की नत्थी लगाकर रख दिया।

"क्या है ये?" पति ने पत्नी से एकाएक सम्पादक होकर हुँकार-भरे स्वर में प्रश्न किया।

"कहानियाँ हैं।" मैंने उनके रौब का दबाव झटकते हुए उत्तर दिया।

"वह तो मैं देख रहा हूँ पर तुम इन्हें अपने साथ क्यों लाई हो? और मुझे किसलिए दे रही हो?"

"रचनाओं के साथ न्याय नहीं होता। मैं इन्हें न्याय दिलाने लाई हूँ। एक लेखिका के नाते। आपसे गुजारिश है कि आप न्याय की खातिर स्वयं इन्हें पढ़ें, अपने सहकर्मियों से न पढ़वाएँ। वरना इन कालजयी रचनाओं के साथ अन्याय हो सकता है। यह मैं बरदाश्त नहीं कर सकती।"

"देखिए!" पति का सम्पादकत्व अनपेक्षित रूप से बिगड़ उठा—"आप हमारी पत्नी हैं, ठीक है; पर हमारे दफ्तरी कामकाज में दखल देने का आपको कतई अधिकार नहीं है। हमारे पास रचनाएँ सही माध्यम से आनी चाहिए, न कि इस रूप में।"

"तब फिर?" मैंने ढिठाई से उनका सही मन्तव्य जानना चाहा।

"फिर क्या, जाइए और कुछ खाली लिफाफे लाइए।"

उनका आदेशात्मक स्वर सुन मैं फौरन लेखिका का चोला त्याग, कर्तव्यपरायण पत्नी हो आई और तत्काल लिफाफे लाकर सामने रख दिए। उन्होंने तुरन्त कहानियों में से पते देखकर लिफाफों पर लिख, टिकट चिपकाया और जीवन (नौकर) को बुलाकर सख्त स्वर में आदेश देकर कहा, "जीवन, ये लिफाफे अभी, इसी वक्त नीचे जाकर पोस्ट बॉक्स में डाल दो।"

जीवन के चले जाने के बाद वे मुझे डपटते हुए-से बोले, "आइन्दा आप मेरे किसी काम में दखल नहीं देंगी, समझीं!"

मैंने आग की लपटें बरसाते हुए अपने सम्पादक पति को क्षणांश तिरस्कार से देखा, फिर गरदन झटककर कोपभवन (अपने ही बेडरूम) में

जा लेटी। इस घोर अपमान को मैं सहन नहीं कर पा रही थी कि आखिर दूसरे लोगों के सामने मेरी औकात और सामर्थ्य की पोल खोलकर मुझे अपमानित करने की क्या जरूरत है! लोग यह नहीं सोचेंगे कि एक पत्नी की सम्पादक की दृष्टि में क्या वकअत है, यही सोचेंगे कि एक लेखिका की सम्पादक-पति की नजर में धेले-भर की भी वकअत नहीं है। ऐसा लग रहा था कि मैं किसी दलदल में फँस गई हूँ।

यह क्या तमाशा है? इसमें मेरा क्या दोष है? काश कि मैं सम्पादक-पत्नी न होती! किसी भी चन्दू या झंडू की पत्नी होती तो इस कदर अपमानित या ठगी न जाती। क्षुब्ध मन तो यूँ फदक रहा था जैसे हांडी में कोदो का अधपका भात। जी में आ रहा था कि सारे झमेलों का एक ही उपाय है या तो मैं लिखना छोड़ दूँ या सम्पादक पति से तलाक ले लूँ ताकि मैं लेखिका ही रहूँ और सम्पादक के प्रभामंडल से अप्रभावित रहूँ।

बड़ी मुश्किल में हूँ। न उगलते बनता है, न निगलते। कर बस इतना रही हूँ कि मैंने अपनी डाक पढ़नी छोड़ रखी है और कानों को हाथ लगाकर तौबा कर ली है कि अब चाहे कैसा भी आमंत्रण हो, न मैं गोष्ठी में जाऊँगी, न आए दिन इन लफड़ों में फँसूँगी।

आप ही सोचिए, मेरी समस्या मामूली नहीं है। समझ नहीं पाई कि मैं अच्छा इसलिए बोलती और लिखती हूँ कि मैं एक सजग लेखिका हूँ या इसलिए कि सम्पादक-पत्नी हूँ! आखिर मुझे बोलने के लिए बुलाया जाता है या रचनाएँ तौलने के लिए?

(1995)

❑❑❑